DONAUSAGEN

von Passau bis Budapest

neu erzählt von

Friederike C. Raderer

illustriert von Ilse Schnall

EDITION
TANDEM

Friederike C. Raderer
DONAUSAGEN
von Passau bis Budapest
neu erzählt
Bilder und Titelfoto:
Ilse Schnall

Lektorat: Friederike Goldschmid
Gestaltung: Ludwig Volker Toth
Druck: Theiss, St.Stefan

www.edition-tandem.at

ISBN 978-3-902606-86-0

Mit Förderung von:
Stadt und Land Salzburg, Land Niederösterreich und
Bundesministerium für Unterricht, Kunst und Kultur

Inhaltsverzeichnis

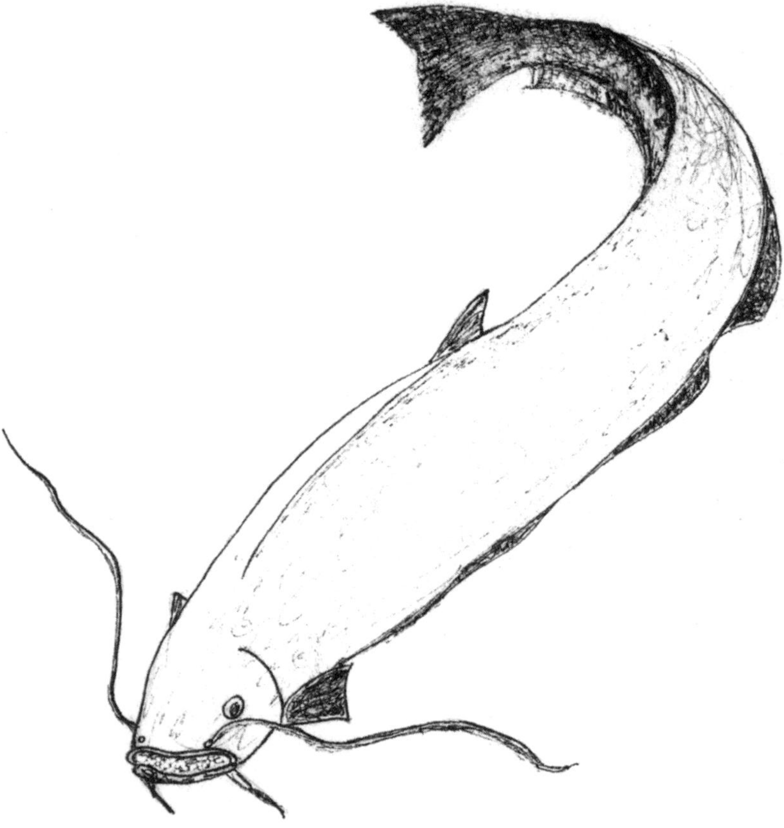

Donauwesen

Die Donau ist der längste Strom Mitteleuropas. Seit alters her erfreuen sich die Menschen an ihrer Schönheit. Aber sie denken auch voll Schaudern daran, wie wild sie sein kann. Diese Furcht – und auch ihre Freude – packten sie in Geschichten. Sie erzählen von sanften Nixen und edlen Rittern, von Dummköpfen und Halunken, von Kindern und Tieren.

Was immer in diesen Geschichten passiert, ob Schätze gefunden, Gespenster erlöst oder Gauner überlistet werden – immer ist die Donau ganz nahe. Hörst du den Wind in den Blättern rauschen? Riechst du den Duft der Weiden und des nassen Sandes? Spürst du die kleine Welle zwischen deinen Zehen? Das könnten Grüße von einem Donauwesen sein ...

Das mächtigste aller Donauwesen ist Danubius, der Donaufürst. Er ist ein schöner Mann, mit freundlich lächelnden Augen in der Farbe des Stromes. Er liebt es, auf Felsen inmitten der Wasser zu sitzen und den Menschen bei ihrem Treiben zuzusehen. Manchmal läuft eine Träne über sein edles Antlitz, wenn eine besonders schöne Frau an ihm vorüber geht. Dann seufzt er tief und bedauert, nur ein Geist und kein Mensch zu sein.

Wenn dich am Ufer der Donau aus dem Nichts ein Schatten streift, ein Fünkchen Traurigkeit in deine Seele dringt, dann geh nicht zu nah ans Wasser. Führe Danubius nicht in Versuchung. Gib ihm keine Gelegenheit, dich in seinen Palast zu holen. Wer weiß, ob er dich je wieder der Menschenwelt zurückgibt.

Der Palast des Danubius

Niemand kann mit Gewissheit sagen, wo der Palast des mächtigen Donaufürsten liegt, er bleibt menschlichen Augen verborgen. Fest steht, dass seine Mauern kristallklar sind, und seine Räume unendlich weit. Große Fenster lassen das Licht bis zum steinernen Grund sinken, und manch rund geschliffener Kieselstein dreht sich im Licht, um der Sonne oder dem Mond sein Bäuchlein zu zeigen.

Flimmernde Säulen wachsen an Lichtstrahlen empor und fordern die Wasserpflanzen heraus, es ihnen gleich zu tun an Höhe und Eleganz. Aber die Fische und die Nixen würdigen die Licht- und Pflanzensäulen keines Blickes, sie tanzen lieber um sie herum, oder schaukeln mit den Wogen.
Am liebsten aber schauen sie dem wilden Spiel der Geisterpferde und ihrer Reiter zu, die in den engen und hohen Räumen des Palastes um die Wette galoppieren, so schnell, dass sie kaum Gelegenheit haben, auf die gefährlichen Hindernisse zu achten, die sie aufhalten und aus dem Rennen werfen könnten.

Zuschauer und Schiedsrichter sitzen auf Beobachtungsposten, die hoch über den Wettkämpfern aufragen. Für uns Menschen sehen sie aus wie riesige Felsblöcke. Weil sie unsere Schiffe behindern, haben wir viele dieser Felsen aus dem Flussbett entfernt und so die Donauwesen um ihr Lieblingsspiel gebracht.

In den Auen am Rand des Flusses liegen die schönsten Räume des Palastes: durchsichtig bis zum Boden, mit spiegelblanker Oberfläche, von schimmerndem Grün oder saphirenem Blau erfüllt. Traumverlorene Wasserwesen weben dort ihre müden Gedanken zu mächtigen Liedern oder spinnen Nebelschwaden zu Silberfäden. Menschen sollten diese Stellen meiden, vor allem, wenn der Mond samt seinem Hofstaat im Wasser glitzert, denn die Wasserwesen werden sehr ungehalten, wenn man ihre selige Ruhe stört.

Manchmal ist den Donaugeistern langweilig und sie haben Lust auf ein großes, ausgelassenes Fest. Dann bitten sie alle, die zum Wachsen des Stromes beitragen, zur Familienfeier. Für uns Menschen ist das eine schlimme Zeit, denn der Strom tritt über die Ufer, überschwemmt die Äcker, die Gärten, die Häuser und reißt Menschen und Tiere mit sich fort. Schutzmauern haben wir in den letzten Jahren errichtet, um das Ausufern dieser Familientreffen zu verhindern. Ob es uns gelungen ist, wird die Zukunft zeigen.

Und dann gibt es Tage, an denen Danubius uns einen Blick in seinen wundersamen Palast gewährt: Wenn sich die Sonne einen Weg durch den Nebel auf der Oberfläche des Flusses bahnt und ihn in zarte Säulen auflöst, dann wird für einen Moment der prächtige Thronsaal des Danubius sichtbar - schimmernd wie eine Perle im Morgentau. Und nur einen Moment später ist das Wunder verblasst wie funkelnder Feenstaub.

Die frommen Passauer

Seit 739 regieren geistliche Herren die Stadt an den drei Flüssen, und seit dieser Zeit üben sich die Passauer darin, fromm zu sein. Das fiel ihnen mal leicht, mal schwer und manchmal sehr schwer. Vor allem das Gefühl, dauernd beobachtet zu werden, mochten die Passauer nicht.
Schau doch, wie machtvoll die Veste Oberhaus, die Burg der Fürstbischöfe, über der Stadt thront! Von da oben behielten die Herren ihre Bürger im Auge, und was nicht gesehen werden konnte, das trugen ihnen ihre Spione zu.
Sobald in der Stadt Gedanken aufleuchteten, die auf der Veste unwillkommen waren – und das geschah nicht nur einmal in der langen Geschichte der Stadt Passau – spuckten die Kanonen der hohen Herren ein wenig Feuer zwischen die Häuser ihrer Bürger, und die Ideen von Bürgerrechten und Freiheit verpufften zwischen Rauch und Asche.

Nicht alles, was sich die Passauer ausdachten, verursachte Aufruhr. Hochgeschätzt wurde zum Beispiel die „Passauer

Kunst". Das waren Zettel mit der Aufschrift „Teufel hilf mir, Leib und Seel geb ich dir!" Wer diesen Zettel schluckte und vierundzwanzig Stunden danach noch am Leben war, konnte sicher sein, dass er für den Rest seines Lebens unverwundbar wäre, dass er Reichtümer und Ansehen erwerben würde, und dass der Teufel keine Macht mehr über ihn erlangen könne. Starb er allerdings vor Ablauf der vierundzwanzig Stunden, gehörte seine Seele dem Höllenfürsten.

Der Erfinder der Passauer Kunst, ein Student, wurde reich. Es heißt, dass ihn der Teufel geholt hat, aber das hat ihm vielleicht ein neidischer Nachbar angedichtet.

Die Liebe des Schneiders

Gute und schlechte Zeiten haben die Mauern der Burg Krempelstein erlebt, die etwa fünfzehn Kilometer nach Passau hoch oben auf einem Felsvorsprung über die Donau wacht. Sie war Zollstation und Ketzergefängnis, Ordensburg der Rosenkreuzer und Herberge, und zwischendurch war sie beinahe zur Ruine verkommen. Und doch hatte sie auch in dieser schlechten Zeit zwei Bewohner: einen armen, aber fleißigen Schneider und seine Ziege.

Der Schneider machte hübsche Dinge, modische Jäckchen oder aus vielen Stoffresten zusammengesetzte große Decken. Die bot er an Markttagen in den nahen Ortschaften zum Verkauf. Da passierte es, dass er sich verliebte, dummerweise in die Tochter des Bürgermeisters, ein zwar hübsches, aber sehr anmaßendes Mädchen, das ihn wie Ungeziefer behandelte.

Seufzend trottete der Schneider auf seine Burg zurück. Weil aber ein Unglück selten alleine kommt, starb noch am selben

Abend seine treue Ziege. Er jammerte laut, aber was half es? Er musste das Tier begraben. Aber wie? Er besaß ja nur Schneiderwerkzeug.

Da beschloss er, seiner Ziege ein nasses Grab zu bereiten. Er flocht ihr einen Kranz aus Blumen und trug sie ganz nah an die Felsenkante. Dann flüsterte er ihr ein letztes Lebewohl ins Ohr und warf sie in die Donau.

Doch ach! Irgendwie hatte sich das Tier im Gewand des Schneiders verhakt, und so fielen sie beide in die Donau. Ein Fischer hat sie nah bei seinem Netz vorbei treiben gesehen. Er erzählte auch, dass die Ziege und der Schneider in mondhellen Nächten auf dem Burgfelsen herumirrten. So kam die Burg Krempelstein zu ihrem zweiten Namen „Schneiderschlössel".

Die Tochter des Bürgermeisters aber hatte für den Rest ihres Lebens schlimme Träume.

Die schöne Isa

Frau Isa lebte in einem ausgedehnten Palast, dessen höchster Turm über die Wasser der Donau ragte. Wir nennen diesen Turm Jochenstein.

Sie liebte es, auf diesem Stein zu sitzen, mit ihrer süßen Stimme wehmütige Lieder zu singen und ihr langes blondes Haar zu kämmen. Dabei legte sie ihren schönen Fischleib so anmutig auf den Felsen, dass man ihn für ein Gewand aus kostbarer Seide hätte halten könnten.

Die Schiffer verehrten Frau Isa, weil man ihren wunderbaren Gesang hörte, lange bevor der Jochenstein zu sehen war. Und weil ihr Haar und ihre Schuppen sanft schimmerten, wussten die Schiffsleute genau, wo ihr Palast lag. So konnten sie ihr Schiff sicher am Jochenstein vorbei lenken.

Manche bedauerten, die Schöne aus Sorge um Schiff, Ladung und Mannschaft nicht aus der Nähe betrachten zu können,

aber die meisten waren froh, wenn sie den Jochenstein unbeschadet hinter sich gelassen hatten.
Einmal geschah es, dass der Nebel um den Felsen für eine Sekunde aufriss und Frau Isa sichtbar wurde. Da ließ einer der Schiffsjungen seinen Bootshaken fallen und blieb wie versteinert stehen. Erst eine Ohrfeige seines Vaters riss ihn in die Wirklichkeit zurück. Als er erzählte, dass Isa ihm zugelächelt habe, lachten ihn die anderen Burschen aus – es waren raue Gesellen. Der Schiffsjunge schwieg, aber der Blick von Isas wunderbaren Augen brannte auf seinem Herzen. Und so machte er sich in der nächsten Vollmondnacht auf, um die Schöne zu sehen und ihre warme Stimme zu hören.
Seit jener Nacht war der Schiffsjunge verschwunden. Vielleicht hat Frau Isa ihn zu sich genommen, wer weiß?

Seine Mutter ließ auf dem Jochenstein eine Kapelle errichten. Das brachte ihr zwar den Sohn nicht mehr zurück, aber es vertrieb Frau Isa vom Felsen.

Ob die Schiffer wohl darüber froh waren?

Die wilde Ran

Nicht alle Nixen sind schön, manche sind sogar ausgesprochen hässlich. So wie Ran.
Ran hatte einen dicken Bauch, große schlaffe Brüste und eine unglaublich große, hängende Unterlippe. Ihre langen Haare waren grün, weil sie die Algen, die sich darin verfingen, nicht herauskämmte. Und weil sie sich selbst nicht leiden konnte, mochte sie auch sonst niemanden. Nur mit einem Wassermann, der noch hässlicher war als sie, traf sie sich manchmal in wilden Sturmnächten, um zu tanzen.
Schiffe und Schiffer hasste sie. Wann immer sie ein Schiff herannahen sah, tobte sie dort, wo die Ranna in die Donau mündet, um diese ohnehin gefürchtete Stelle noch gefährlicher zu machen. Wenn es ihr gelang, ein Schiff in ihre Gewalt zu bringen, lachte und johlte sie vor Freude.

In Niederranna lebte ein junger Mann, dessen Vater bei so einem Unglück ums Leben gekommen war. Tagelang saß der junge Mann an der Unglücksstelle, und seine Nachbarn und

Freunde fürchteten schon, dass er des Lebens überdrüssig geworden wäre. Doch er hatte anderes zu tun als zu trauern: Er warf kleine Rindenstücke in den Fluss, um den Verlauf der Strömung zu studieren.

Eines Abends bekam er Gesellschaft: Ran. Sie wollte wissen, warum er nicht nach Hause ginge. Ohne nachzudenken antwortete der junge Mann: „Weil ich die Schönheit dieses Wirbels genieße."
„Das ist mein Wirbel", sagte Ran, „den hat noch nie jemand schön gefunden. So wie mich noch nie jemand schön gefunden hat."
Da betrachtete sie der junge Mann ausgiebig. „Nun", sagte er schließlich, „du hast ein wunderbares kleines Näschen, und deine Augen haben die Farbe des Stroms. Und wenn du deine Locken im Wasser treiben lässt, umgeben sie dich wie ein kostbar bestickter Mantel."
Das schmeichelte der Ran. Sie wusste zwar genau, dass der junge Mann herausfinden wollte, wie er ihren Wirbel bezwingen könnte. Aber seine freundlichen Worte hätten eine Belohnung verdient, dachte sie, und so schlug sie ihm ein Geschäft vor.

„Du bist ein Schiffer, nicht wahr? Ich mag die Schiffer nicht, sie stören meine Ruhe. Aber zum Dank für deine schönen Worte werde ich dir und deinen Schiffen gestatten, schadlos meine Wasser zu kreuzen – wenn du mir jedes Mal ein Geschenk bringst. Ich esse übrigens gerne Lämmchen."

So war es abgemacht, und der junge Mann wurde bald zum begehrtesten Lotsen zwischen Passau und Linz. Und er vergaß nie, ein Lämmchen mitzunehmen.

Doch da geschah es, dass er ein Schiff voller wilder Rüpel zu lotsen hatte. Die Kerle waren schon vor Passau besoffen und hatten daher keine Angst vor den Gefahren der Donau. Als einer von ihnen die Schiffsladung nach Schnaps durchsuchte, entdeckte er Rans Lämmchen. Er brachte es zu seinen Saufkumpanen, die sich sofort daran machten, das Tier zu zerlegen und zu braten.

Als der Wirbel der Ran in Sicht kam, wollte der junge Mann sein Geschenk in die Fluten werfen, aber o Schreck! Es war nicht mehr da. Zitternd packte er das Ruder, versuchte, den Wirbel irgendwie zu meistern, wollte retten, was zu retten war, ja, er sang sogar ein Lied für die wilde Ran. Aber es half nichts. „Kein Geschenk, kein Durchkommen", donnerte Ran und zerschmetterte das Schiff.

Alle ertranken in den Fluten, nur den jungen Mann ließ die wilde Ran am Leben. Er erreichte das Ufer und rannte und rannte, ohne sich auch nur einmal umzublicken. Den Rest seines Lebens verbrachte er als Senner in den Alpen.

Des Teufels Hobby

Das Bauen ist eine geheime Leidenschaft des Teufels, das weiß man aus unzähligen Geschichten und ebenso vielen Bauruinen. Eine dieser Bauruinen ist der Penzenstein gegenüber von Engelhartszell, heute ein gerne besuchter Aussichtspunkt. Auch die Felsen, die zwischen Grein und Ybbs für die gefährlichen Wirbel verantwortlich waren, stammen von einem gescheiterten Bauprojekt des Teufels. Und schließlich die Teufelsmauer bei Spitz.
Warum der große Möchtegern-Baumeister immer wieder scheiterte? Das ist kein Geheimnis: er hat sich überschätzt, er war schlampig, und er hat nicht damit gerechnet, dass es kluge Menschen gibt. Aber alles der Reihe nach.

Mit seinem ersten Donau-Großprojekt, dem Penzenstein, wollte der Teufel die Mönche des Stiftes Engelszell ertränken. Die frommen Gesänge der Mönche verkrusteten seine Ohren, und das durfte er nicht zulassen. Und so nahm er einen besonders großen Stein, damit das Wasser besonders schnell besonders hoch stiege. Dieser Stein war aber so groß und so schwer, dass ihn der Teufel nur mit Mühe zu seinem vorgesehenen

Platz schleppen konnte. Dabei streifte er versehentlich einen Baum und weckte ein Eichhörnchen. Das erschrak, konnte sich nicht mehr festhalten und plumpste auf das Dach eines Hühnerstalls. Das riss den Hahn aus seinen Träumen, und weil jeder Hahn, wenn er munter wird, erst einmal kräht und dann erst nachdenkt, krähte der Hahn an diesem einen Morgen viel zu früh.
Der Teufel erschrak. Unter heftigem Gefluche ließ er den riesigen Stein fallen und rauschte davon. Auf halbem Weg zur Hölle bemerkte er, dass der Morgen noch weit war. Er kam zurück, um sein Werk zu vollenden.
Zu spät: der Stein hatte sich so tief in die Erde gebohrt, dass nicht einmal der Teufel persönlich ihn verrücken konnte. Pech für ihn!

Auch der Teufel wird aus Erfahrung klüger, das weiß man aus dem Strudengau. Um die Frommen von ihrer Wallfahrt nach Maria Taferl abzuhalten, plante er, die Donau mit vielen kleinen Steinen abzusperren. Er legte sie am Ufer bereit und begann, sie in der Donau aufzuschlichten. Dummerweise stolperte ein schlaftrunkenes Bäuerlein, das mit einem Hühnerkäfig auf dem Weg zum Markt war, über einen dieser Steine. Der Hahn erwachte und begrüßte mit weithin schallender Stimme den Morgen. Dem Teufel blieb nichts anderes übrig, als seine Steine fallen zu lassen und sich zu entfernen.
Heute ragen nur mehr ganz wenige dieser teuflischen Hindernisse über die Wasseroberfläche. Die meisten sind im Rückstau des Donaukraftwerks Ybbs untergegangen, aber in alten Zeiten war der Strudengau wegen seiner mächtigen Struden und Wirbel gefürchtet.

Dass nun wieder ein Bauvorhaben gescheitert war, ärgerte den Teufel sehr. Er dachte heftig nach. Dann grinste er und killte alle Hähne, die in den Ortschaften am Donauufer lebten. Als nächstes suchte er einen Auftraggeber, damit ihm sein neues Vorhaben wenigstens eine Seele als Lohn einbrächte. Und wirklich: eines Abends hörte er in der Gegend von Spitz einen Winzer fluchen, der sich über die vielen gefräßigen Wühlmäuse in seinem Weingarten ärgerte. „Soll euch doch der Teufel holen!" hatte er gerufen. Eine Sekunde später stand der Teufel neben ihm.
„Da hilft nur ertränken", sagte der Teufel. Der Winzer schüttelte den Kopf, was alles Mögliche heißen mochte. Bevor er aber noch etwas sagen konnte, rief der Teufel: „Abgemacht, dann heute Nacht!" und verschwand. Und wirklich: keine zehn Minuten später – es war schnell dunkel geworden! – türmte er Stein auf Stein. Die Mauer wuchs mit beängstigender Geschwindigkeit.

Nun war guter Rat teuer. Der Winzer konnte nicht glauben, was er sah. Er lief zitternd nach Hause und fand seine Frau beim Honigrühren. Als sie hörte, was geschehen war, überlegte sie nicht lange. Sie ließ Honig Honig sein, holte die Armbrust ihres Mannes und rannte ans Ufer der Donau.
„Hilf Himmel" dachte sie und schoss auf den einzigen Hahn der Gegend, den Wetterhahn der Kirche von St. Johann. Was für ein Glück: sie traf ihn genau in den Hintern. Der eiserne Wetterhahn krähte vor Schmerz, der Teufel musste fliehen, die Mauer stürzte bis auf einen kleinen Rest ein.
Als die tapfere Frau erschöpft aber zufrieden nach Hause kam, wollte sie ihren Honigtopf in die Stube holen. Aber der Topf

war leer. Bärenspuren verrieten die Diebe. Sie führten auf die teuflische Mauer, und da oben kannst du sie heute noch sehen, wie sie davonlaufen wollten.

Und schau dir den Wetterhahn an, der sich auf dem Kirchturm von St. Johann im Wind dreht: der Pfeil steckt noch immer in seinem Hintern ...

Die Sache mit dem Kirschenbaum

Einst gab es in der Gegend von Mauthausen viele Weiher und Tümpel und ein einziges großes Gebäude, den Heinrichshof. Hier lebte ein frommer Bauer mit seiner Familie und seinem Gesinde. Sie lebten nicht schlecht, was den Anderen ein Rätsel und ein Ärgernis war. Vor allem, dass das Hochwasser nie bis zum Heinrichshof kam, störte sie. Man ging „denen von dort" aus dem Weg, denn man war davon überzeugt, dass der Heinrichshofbauer mit finsteren Mächten im Bunde stünde. Das war natürlich völliger Unsinn, aber es hatte damit begonnen, dass ein Knecht die Sache mit dem Kirschenbaum herumerzählte.

Eines Winters brach eine schwere Krankheit auf dem Heinrichshof aus, die mit keinem der üblichen Hausmittelchen vertrieben werden konnte. Da ließ der Bauer, den die Grippe auch ins Bett gezwungen hatte, den einzigen kommen, der noch nicht krank war: einen jungen, etwas unbedarften Knecht. Ihm beschrieb er den Weg zu einem Sanddornstrauch, der hoch gewachsen war wie ein Baum und viele kleine hellrote Früchte trug. „Bring uns davon, soviel du tragen kannst", befahl der Bauer. Das Bürschchen, kein Meister großer Gedanken, nahm weder Korb noch Beutel mit. Er dachte nämlich: „Jetzt spinnt er, der Bauer. Kirschen im Winter!!!" Denn was sonst könnten kleine hellrote Früchte sein, die an einem Baum hingen!

An der beschriebenen Stelle fand er das Bäumchen, und es war wirklich voll mit roten Früchten. Voll Angst betete der Junge ein, zwei Ave Maria und auch gleich das Paternoster, dann pflückte er so viel Früchte wie in seine Jackentaschen passten.
Der Bauer seufzte, als er das magere Ergebnis sah und schickte ihn noch einmal hinaus. Aber der Knecht hatte den Weg vergessen und fand das Bäumchen nicht mehr. Den Weg zum Wirtshaus hatte er nicht vergessen. Dorthin rannte er, um allen zu erzählen, dass der Bauer vom Teufel Kirschen verlangt und bekommen hatte.

Im Frühling darauf waren die Teufelsgerüchte um die Heinrichshofleute schon bedrohlich laut geworden. Da entschloss sich der Bauer, dem Spuk ein für allemal ein Ende zu bereiten. Er wartete, bis eines Abends ein kräftiges Gewitter niederging. Dann betrat er, von einem Blitz begleitet, die Wirtsstube. Sofort verstummten alle Gespräche. Der Bauer setzte sich auf eine frei gewordene Bank. Er verlangte ein Bier und die Bibel. Wer, so dachte er, würde vermuten, dass einer, der in der Bibel liest, mit dem Teufel im Bunde steht.

Vor Schreck gebannt starrten ihn die anderen Gäste an. Er aber las laut, was er gerade aufgeschlagen hatte: die Geschichte, wie Jesus vom Teufel versucht wurde. Als er zu der Stelle kam, als der Herr rief: „Hebe dich hinweg von mir, Satan!" traf der Blitz eine alte Eiche und spaltete sie. Der Heinrichshofbauer rief noch einmal: „Hebe dich hinweg von mir, Satan!" Das Gewitter ließ nach. Die Anwesenden waren starr vor Entsetzen. Nur der Wirt wagte es, die Stille zu unterbrechen: „Noch einmal", rief er, „sonst war alles umsonst!" „Hebe dich hinweg von mir, Satan!" rief der Bauer zum dritten Mal, und siehe da! Sturm und Regen legten sich, ein fernes Donnergrollen war noch zu hören, dann blinzelte die Sonne durch die Wolken.
Der Heinrichshofbauer stand auf, blickte in die Runde und sagte: „Wehe, jemand sagt noch einmal, ich wär mit dem Teufel im Bund!" Er schlug die Bibel zu, bezahlte sein Bier und ging. Auch die Gäste verließen die Wirtsstube. Der Wirt verdunkelte alle Fenster, griff zur Bibel und wollte sich ebenfalls vom Teufel befreien. Leider ohne Erfolg.

Die Gerüchte um den Heinrichshofbauern verstummten. Nun waren alle davon überzeugt, dass er den Teufel in der Tasche habe, aber gesagt hat es keiner!

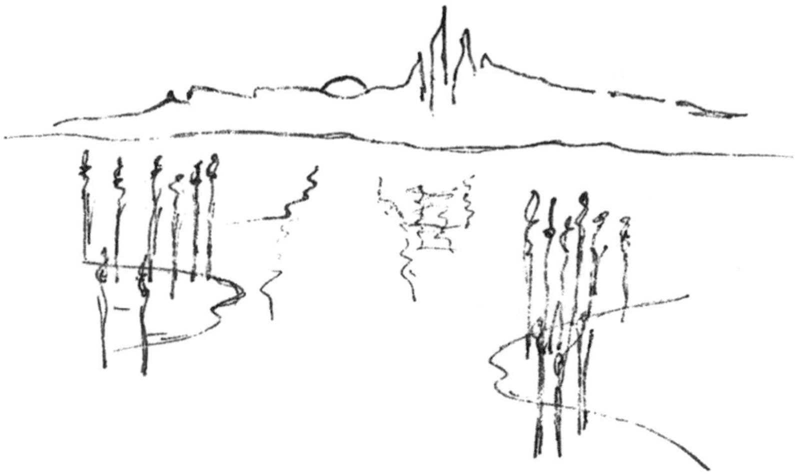

Die Nacht am Teich

Die Hügel hinter Mauthausen waren eine verrufene Gegend. Nebel hielt sich länger als anderswo, der Wind klagte lauter und der Tau an Ästen und Gräsern sah aus wie Tränen. Es hieß, dass es dort mehr Geister gab als anderswo, und das hielt die meisten Menschen ab, dort hinzugehen.
Einmal geschah es, dass sich eine junge Frau in diese Gegend verirrte. Sie war so entzückt von der Vielfalt an Kräutern, dass sie darüber die Zeit vergaß. Erst als sie nicht mehr genau erkennen konnte, welches Kraut sie nun zwischen den Fingern hielt, bemerkte sie, dass es schon ziemlich dunkel war. Nun fielen ihr all die unheimlichen Geschichten ein, die sie über diese Gegend gehört hatte. Sie wollte nach Hause laufen, aber sie hätte nicht sagen können, in welcher Richtung ihr Zuhause war.

Da hörte sie jemand rufen: „Hierher, Mädchen, hierher!"
Verwundert sah sie sich um, aber da war niemand. Jetzt erst bemerkte sie, dass sie ans Ufer eines Teiches gelangt war.

Glatt und seidig glänzte seine Oberfläche, und die Mondsichel gefiel sich in diesem Spiegel. Wieder rief jemand: „Hierher, Mädchen, eil dich!" Es schien von einer Trauerweide zu kommen, die am Ufer stand. Die junge Frau dachte: „Unter der Weide wird ein weiches Plätzchen sein, dort werde ich ein wenig ausruhen, dann will ich meinen Weg schon finden."

Kaum hatte sie sich am Ufer unter der Weide niedergelassen, ließ sich die Stimme wieder hören: „Bleib hier und habe keine Angst".

In diesem Moment wurde es laut. Sie hörte Soldaten marschieren, viele Soldaten. Sie hörte Befehle und Kettenrasseln und Lärm, den sie nicht zuordnen konnte. In der Ferne jaulten Sirenen, Hunde jagten kläffend durch den Wald, und immer wieder knallten Gewehre. Rasende Angst ergriff die junge Frau. „Bleib ganz ruhig, Mädchen, es kann dir nichts geschehen", raunte die Stimme. „Bleib im Schatten der Weide."

Nun kamen die Gestalten, laufende Männer, dürr wie Skelette. Sie rannten, so schnell sie konnten, aber die anderen waren ihnen dicht auf den Fersen. Sie brüllten und hetzten die Hunde auf die Flüchtenden. Einige knieten nieder und schossen auf die Rennenden. Manche fielen.

Dann wurde es wieder still.

Die junge Frau zitterte. Sie beugte sich über das Wasser, um ihre Tränen wegzuwaschen. Ein großer weißer Fisch näherte sich ihr, ein Waller, und er sprach. „Du kannst helfen, dass diese schrecklichen Bilder nie wahr werden", sagte er.

„Wie?" flüsterte die junge Frau.

„Menschen werden zu Bestien, wenn sie vergessen, dass die andern fühlen wie sie selbst. Menschen müssen einander achten, einander zuhören, einander helfen. Du hast gesehen, was die Zukunft bringen kann. Erzähle, was passiert, wenn die Menschen ihre Menschlichkeit vergessen."
Die junge Frau nickte, und dann fiel ihr ein, dass sie nicht wusste, wem sie das sagen sollte. „Wem ...", wollte sie fragen, aber der Waller war schon in der Tiefe des Teiches verschwunden.

Als die junge Frau am anderen Tag mit ihrem Kräuterbüschel wieder nach Hause kam, wurde sie von dem Nachbarn gesehen, dessen Frau sie nicht hatte werden wollen. Der lief noch in derselben Stunde zum Pfarrer und klagte sie der verbotenen Kräutersuche an

Wenige Wochen später wurde die junge Frau als Hexe verbrannt.

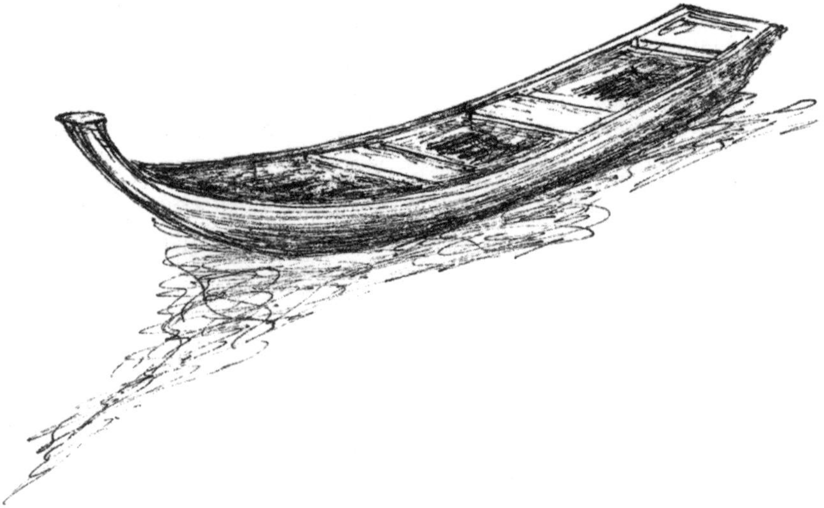

Donaunächte

So schön die Donau bei Tage ist, so schön ist sie auch in der Nacht: ein samtig schimmernder Fluss, an dessen Ufer Menschen und Tiere, Pflanzen und Steine dem neuen Morgen entgegen träumen. Die funkelnden Sterne und der unermüdlich wandernde Mond gießen ihren sanften Zauber über die Landschaft, egal, ob jemand an diesem Zauber teilhat oder nicht.

Vielen Menschen in alter Zeit war die Nacht unheimlich. Sie vermuteten Geister und Gespenster hinter jedem Schatten. Sie fürchteten den Wind, der in den Ästen der Uferbäume rauschte oder als Sturm durch die Engstellen des Flusstales brauste. Wolkenschatten, die der Mond an die Felsen zauberte, wurden zur Wilden Jagd, oder zum Unseligen Hohenauer, der bis in alle Ewigkeit seine Leute ein Schiff gegen den Strom hinaufziehen lassen muss. Und in Nebelschwaden sahen die Ängstlichen verdammte Seelen oder lockende Verführerinnen aus der Geisterwelt.
Und doch wagten sich immer wieder Mutige in die Nacht hinaus: Liebende, die voll Sehnsucht einen Kuss von ihrem

Schatz erhofften, und Suchende, die einen Hinweis auf verborgene Schätze erwarteten. Manche wurden fündig, weil sie den winzigen blauen Flämmchen gefolgt waren, die vergrabene Schätze anzeigten, und weil sie vor den Schatzwächtern keine Angst gehabt hatten. Ein ganz Gewitzter musste auf Wunsch einer Geisterfrau einen Goldschatz in genau zwei gleiche Haufen teilen. Das war leicht, bis er die letzte Münze in der Hand hielt. Der Schatzsucher überlegte nicht lange, zog sein Schwert, schlug die Münze mitten entzwei und warf die beiden Hälften auf die beiden Haufen. Da seufzte die Frau: „Du hast mich erlöst! Zum Dank darfst du alles behalten!" und verschwand.

In der Gozzoburg zu Krems wusste man auch von einem blauen Flämmchen. Der schlaue Besitzer der Burg wollte den Schatz mit Hilfe eines Sonntagskindes finden und an sich bringen. Er verlangte von dem Kind, ihn an die Stelle mit dem Schatz zu führen. Das Kind lief zu Mitternacht hinter dem Geisterlicht her, durch finstere Gänge bis in die tiefsten Keller. Als sich das Licht nicht mehr bewegte, rief das Kind: „Gott sei Dank, es steht!" Da ertönte lautes Weinen, das Licht erlosch und ward nie mehr gesehen. Schatz wurde auch keiner gefunden, sehr zum Ärger des Burgherrn.

Gerne treiben die Nachtgeister Spott mit den Schatzsuchern. Sie beschenken sie mit Gold und Edelsteinen und lachen sich schief, wenn die enttäuschten Beschenkten am Morgen danach statt des Schatzes Hühnerdreck oder ganz gewöhnlichen Sand in ihren Taschen finden.

Der Donaustrom jedoch bahnt sich, unbeeindruckt von der Gier der Menschen, seinen Weg. Seinen Schatz verschenkt er täglich und stündlich an alle, die schauen und sehen: seine Natur, seine Schönheit und seinen Frieden.

Die Liebesprobe

Liebe lässt Menschen die verrücktesten Dinge tun. Zum Beispiel eine Million Mails an den geliebten Menschen schicken, damit er ganz sicher weiß, dass er geliebt wird. Oder einen Heiratsantrag per Radio stellen. Oder die große Eiswüste durchqueren. In unseren Zeiten sind verrückte Dinge fast normal.

Früher, in den wirklich alten Zeiten, war es nicht so einfach, das angebetete Wesen zu beeindrucken. Das musste ein Schuster aus Grein leidvoll erfahren. Er hatte sich unsterblich in das schönste Mädchen der kleinen Stadt verliebt. Pech für ihn, dass die Verehrte sehr stolz war: als Tochter des reichsten Kaufmannes weit und breit dachte sie nicht daran, einen Menschen, der Schuhe anfertigte, als Menschen zu betrachten.
Da half dem Schuster gar nichts. Nicht, dass er hübsch war, auch nicht, dass er jung war, und schon gar nicht, dass er wahre Kunstwerke schuf, um die zierlichen Füßchen des hochmütigen Mädchen zu kleiden. So griff er zu dem einzigen

Mittel, das ihm einfiel. Er lief durch Grein und verkündete, dass er auf dem spitzesten und gefährlichsten Felsen, der aus der Donau ragte, für sie ein paar Schuhe machen werde.
Die Greiner waren entsetzt. „Das heißt Gott versuchen", riefen die einen und bekreuzigten sich.
„Ja warum denn, in Drei Teufels Namen?" wollten andere wissen.
„Du wirst hinunterfallen", sorgten sich seine Freunde.
„Mir egal", antwortete der Schuster. „Entweder sie bemerkt mich endlich, oder ich will nicht mehr leben. Punktum!" Dann gab er Datum und Uhrzeit seiner Aktion bekannt und ging nach Hause.

Zur verabredeten Zeit standen die Greiner dicht gedrängt am Donauufer.
Die schöne Kaufmannstochter ließ sich nicht sehen. Sie war zu Hause geblieben und saß bequem auf ihrem Lieblingssofa. Allerdings hatte sie das Sofa zum Fenster bringen lassen, damit sie vom Vorhang geschützt sehen konnte, was geschah. Immerhin ging es ja um sie.
In vollkommener Stille ruderte der Schuster zu dem Felsen. Als er das Boot festmachen wollte, entglitt ihm das Tau und das Boot trudelte davon. Er zuckte mit den Schultern und begann seinen Aufstieg. Die Felsen waren nass und glitschig, denn es hatte in der Nacht geregnet. Zweimal sah es aus, als würde der Schuster keinen Halt finden und seinem Boot hinterher treiben.
Schließlich hatte er es geschafft. Er stellte seinen Schemel auf, legte sein Werkzeug neben sich und begann zu arbeiten. Noch vor dem Mittagläuten waren die Schühchen fertig. Also

packte er alles wieder zusammen, kletterte hinunter und bestieg das Boot des Bürgermeisters, der ihn höchstpersönlich zum Ufer ruderte.
Die Greiner ließen ihn hochleben. Man jubelte ihm zu. Aber ihn interessierte nur, ob sie da war.

Ja, da war sie. Sie kam auf ihn zu. Sie war sprachlos. Mit roten Wangen wollte sie ihm einen Kuss geben.
Aber da nahm die Geschichte eine unerwartete Wendung: der Schuster drückte ihr die Schühchen in die Hand und sagte: „Ich glaube, du passt doch nicht zu mir. Ich werde mein Glück woanders finden. In Italien zum Beispiel." Er nahm seinen Ranzen, den er vorher schon unter einem Strauch versteckt hatte, drehte sich um und ging.
Die schöne Kaufmannstochter stand da, sprachlos und blass. Niemand achtete auf sie, alle wollten dem kühnen Schuster eine gute Reise wünschen. So schlich sie ins Haus zurück.

Was aus ihr geworden ist, ob sie geheiratet hat, oder ob sie ins Kloster gegangen ist, hat niemanden mehr interessiert.

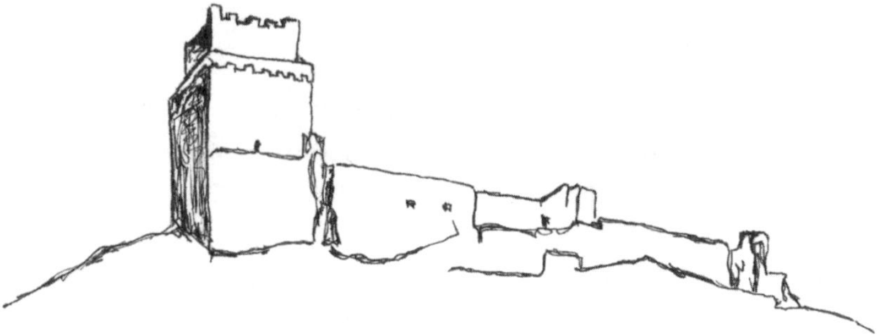

Die Weisse Frau von Weitenegg

Die Ruine Weitenegg gegenüber von Melk war einst eine große und mächtige Burg, die den Bewohnern der Gegend Schutz und Hilfe garantierte. Hier lebte einst Frau Violanta. Sie hoffte, in der Burg am Ufer der Donau nach einem von Macht und Gewalt geprägten Leben Frieden zu finden. Sie züchtete Rosen, sang traurige Lieder und liebte es, wie ihr Haustier, eine schwarz glänzende Schlange, in der Sonne zu liegen. Von der Schlange wusste niemand. Alle dachten, die Milchschälchen, die Violanta höchstpersönlich in den Hof stellte, wären für die wilden Katzen, die gerne auf Besuch kamen.

Obwohl Violanta ein stilles und vornehmes Leben führte, hielt sich die Dienerschaft von ihr fern, so weit es ging, und ihr war das nur recht. Einzig ein kleines Mädchen, die Tochter des Jagdaufsehers, duldete sie in ihrer Nähe. Die Kleine erinnerte sie an ihre eigene Kindheit.

Eines Tages riss Violantas Halskette. Die kostbaren Perlen fielen auf den Boden und kollerten in alle Ecken. Violantas

kleiner Gast lief lachend den schimmernden Kugeln hinterher. Genau in dem Moment öffnete ein Diener die Tür zum Hof. Die Kleine erschrak und ließ alle eingesammelten Perlen wieder fallen. Sie rollten durch die Tür hinaus in den Hof, genau zur tiefsten Stelle, wo die Schlange wohnte. Schnell hopste die Kleine den Perlen nach und griff mit ihren Patschhändchen nach den hübschen Kugeln.
Violanta sprang auf, rannte zu dem Kind und hob es blitzschnell in die Höhe, aber es war schon zu spät: die Schlange hatte bereits zugeschlagen, und das Mädchen starb in ihren Armen.
Der Jagdaufseher tobte. Er tötete die Schlange und hätte auch Violanta getötet, wenn ihn nicht seine Freunde zurückgehalten hätten. Er verfluchte sie.

Wenig später begab sich Violanta auf eine Pilgerfahrt, von der sie nicht mehr lebend heimkehrte. Nur ihre Seele hat zu dem Ort zurückgefunden, wo sie beinahe glücklich geworden wäre. In manchen Nächten sieht man sie durch den Hof wandeln, in anderen Nächten hört man eines ihrer traurigen Lieder.

Manche Menschen sind Violantas unglücklichem Geist begegnet. Erst in jüngster Zeit berichtete eine Dame von einem solchen Zusammentreffen. „So viel Leid", sagte sie, „so schwer zu ertragen." Wenige Tage später ist sie gestorben.

Wo der Teufel mit der Kutsche fährt

Glaub bitte nicht, dass du dort, wo eine bedeutende Kirche oder ein berühmtes Kloster steht, vor dem Teufel besser geschützt bist als anderswo. Im Gegenteil, solche Orte liebt der Teufel, weil er an solchen Orten ganz besonders viele Heuchler und Frevler findet.
In Melk, so heißt es, fuhr er jede Neumondnacht mit einer Kutsche durch die Stadt, um zu prüfen, ob seine Kandidaten schon reif zum Ernten wären oder ob er ihnen noch ein wenig Zeit zum Sündigen lassen sollte. Den Wirt, dessen Wein noch nie eine Traube gesehen hatte, ließ er weitermachen. Den Kartenspieler, der durch seine Tricks seine Mitspieler um viel Geld brachte, segnete er. Den Apotheker, der schon manchen Erben reich gemacht hatte, verschonte er auch. Mit anderen hatte er weniger Geduld.

So soll einmal einer eine geweihte Hostie gestohlen haben, weil er sie genau untersuchen wollte. Er besah sie von allen Seiten, stach sie mit Nadeln und schnitt sie endlich in zwei

Teile. Als die Hostie weder blutete noch schrie, nahm er sie und warf sie den Schweinen vor. Im selben Moment erleuchtete ein Blitz den Himmel über Melk. Das Haus des Frevlers ging in Flammen auf, und der Mann verbrannte.

Auch der Geldbeter erhielt keinen Aufschub. Der Geldbeter war ein reicher Melker, der meinte, dass er durch das Rückwärtsaufsagen bestimmter Gebete noch reicher werden könnte. Also begab er sich eines Nachts auf den Berg, auf welchem heute die Kaserne steht, und wartete, bis in der Stiftskuppel die Lichter des Mitternachtsgebetes zu sehen waren. Dann begann er mit seiner Beschwörung. Und wirklich erschien vor ihm ein Sack nach dem anderen, prall gefüllt mit Goldtalern.

Da passierte es: vor lauter Aufregung versprach er sich. Mit einem Knall verschwanden alle Säcke, und der Geldbeter auch, und zwar in die Kutsche des Teufels, die blitzschnell wieder losfuhr. So schnell, dass das Hinterrad der Teufelskutsche brach.
Da stand er nun, der Teufel, samt seiner eingesackten Seele und wusste nicht, was er tun sollte. „Ich kann das reparieren", hörte er aus dem Sack, „aber nur, wenn du mich wieder frei lässt." Missmutig willigte der Teufel ein. Mitternacht war schon lange vorüber, und er musste sich beeilen, um noch bei Dunkelheit wegzukommen.

Der Melker besah sich den Schaden, schüttelte den Kopf und meinte, vor dem Morgengrauen wäre da gar nichts zu machen. Es sei denn ...

„Was?" wollte der Teufel wissen.
„Die Säcke! Gib mir die Säcke, und ich repariere das Rad."
Widerwillig stimmte der Teufel zu, und der Mann machte sich an die Arbeit. Keine zehn Minuten später war die Kutsche wieder fahrbereit. Es wurde auch allerhöchste Zeit, denn am Horizont zeigte sich schon das erste Morgenrot. Der Teufel setzte sich auf den Kutschbock und ließ die Peitsche knallen, aber das Gefährt kam nicht von der Stelle: Der listige Melker hatte es mit Weihwasser bespritzt, und sich selber vorsichtshalber auch. Mit einem Wutschrei wollte sich der Teufel auf ihn stürzen, aber er verbrannte sich die Pfoten und musste ohne Seele, ohne Geldsäcke und ohne Kutsche in die Hölle fahren. Die Kutsche und die Geldsäcke zerfielen beim ersten Sonnenstrahl zu Staub.

Das war das letzte Mal, dass der Teufel in einer Kutsche durch Melk gefahren ist. Danach holte er seine Kundschaft auf dem üblichen Weg: heimlich und ohne Aufsehen.
Etwa den betrügerischen Stiftsverwalter, der unter anderem auch einen Bauern um seine Wiese betrog. Der verklagte ihn, aber der Richter war mit dem Verwalter befreundet, und so verlor der Bauer seine Wiese. Weil das aber alles war, was er besessen hatte, musste er Melk arm und mittellos verlassen. Da verfluchte der Bauer seine ehemalige Wiese. Sumpfig und feucht solle sie werden, so dass sich das Stift nie und nimmer an seinem Heu erfreuen möge.

Und so kam es auch: immer wenn die Knechte auszogen, um diese Wiese zu mähen, begann es zu regnen, und so ist es bis heutigen Tag.

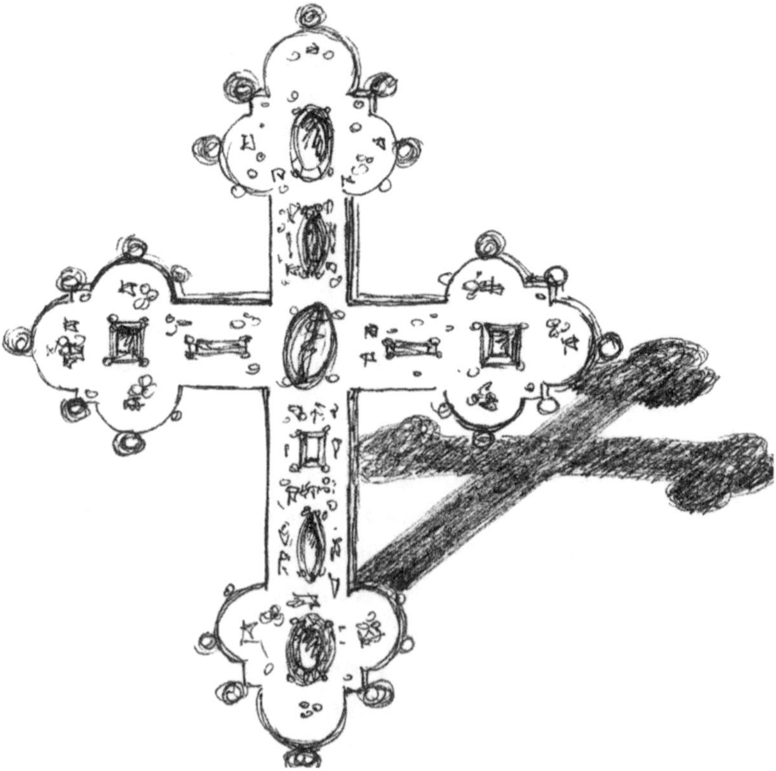

Diebe im Stift Melk

Vor vielen hundert Jahren als die Donau ganz nah am Melker Stiftsfelsen vorbeifloss, hatte sich an einer Stelle eine kleine sandige Bucht gebildet. Gut versteckt lag sie hinter silbrigblättrigen Sträuchern und hohen Bäumen. Vielleicht hätte man dieses friedliche Plätzchen vom Kloster aus sehen können, aber die Mönche hatten keine Zeit, um die Landschaft zu bewundern. Ihr Tag war erfüllt von Arbeiten aller Art und von einer Perlenschnur an Gebeten.
Nur Abt Siegehard wusste von der Bucht. Dort hatte er sich als junger Mann mit seiner Liebsten getroffen. Dort hatte er Trost gefunden, als sie an einer schweren Krankheit gestorben war. Und dort hatte er den Entschluss gefasst, den Rest seines Lebens Gott zu weihen und ins Kloster zu gehen.

Nun geschah es, dass Odo, ein unglücklicher Knabe, ins Kloster aufgenommen wurde. Banditen hatten die Burg seiner Familie überfallen. Sie hatten weder Gold noch Edelsteine, nicht einmal Wein oder Bier entdeckt. So haben sie alle erschlagen und

die Burg angezündet. Odo wäre beinahe in seinem Versteck verbrannt. Halbtot hatte er sich zu den Melker Mönchen geschleppt. Sie konnten zwar seinen Leib heilen, aber nicht die Wunden seiner Seele. Jede Nacht erwachte Odo schreiend aus seinen Albträumen. Dann saß er stundenlang da, wiegte seinen Körper vor und zurück und starrte ins Leere. Einzig die frommen Gesänge der Mönche schienen ihn zu beruhigen.
Abt Siegehard hatte Mitleid mit Odo. Er schickte ihn in die kleine Bucht und bat ihn, einen herzförmigen grünen Stein zu suchen. Er vertraute darauf, dass die Suche und das ruhige Fließen des Stromes auch dem unglücklichen Odo Frieden bringen würden. Und wirklich, nach wenigen Wochen wurde Odo ruhiger und seine Albträume ließen nach.

Eines Tages jedoch rannte er völlig verstört in die Klosterkirche. „Sie sind da, die Mörder meiner Familie sind da!" rief er dem Abt zu, der einigen Gästen die Kirchenschätze zeigte. Odo wich zurück, als er den vornehmsten der Männer sah. „Er", schrie Odo und zeigte auf den Mann, „er war der Anführer!" Dann brach er zusammen. Besorgt trug der Abt seinen Schützling in die Krankenstube und kehrte erst zu seinen Gästen zurück, als er Odo gut versorgt wusste.

Am nächsten Morgen war Odo verschwunden. Abt Siegehard fand ihn schwer verletzt in der kleinen Bucht. Er wisperte: „... Mörder ... Kreuz gestohlen ... Boot ..." Dann hauchte er seine Seele aus.
Im Kloster herrschte große Aufregung. Der kostbarste Besitz des Klosters, das Melker Kreuz, das einen Splitter vom Kreuz Christi in sich barg, fehlte, und mit ihm ein großer Teil des

Kirchenschatzes. Nun wusste der Abt, warum Odo hatte sterben müssen. Er wusste nun, dass seine Gäste, Diebe und Mörder, auf dem Wasserweg entkommen waren. Aber er wusste nicht, wo er sie suchen sollte.
Einige Monate später erzählte ein Pilger, dass das Melker Kreuz im Schottenstift aufgetaucht wäre. Überglücklich reiste Abt Siegehard zu seinen Ordensbrüdern nach Wien, um seinen Besitz zurück zu holen. Aber die Schotten-Benediktiner wollten das Kreuz nicht herausgeben. „Es lag eines Abends auf den Stufen des Altars", behaupteten sie. „Gott selbst hat es uns geschickt."
Abt Siegehard lächelte und sagte: „Dann soll Gott entscheiden, wer der rechtmäßige Besitzer dieses Kreuzes ist: das Schottenstift oder Stift Melk!" Man stellte das Kreuz genau zwischen die beiden Äbte. Das Kreuz neigte sich zu Abt Siegehard.
Nun mischte sich Herzog Heinrich ein, den man eilig geholt hatte. „Ein Gottesurteil wird erst dann zum gültigen Urteil", behauptete er, „wenn die weltliche Macht, also ich, die Entscheidung Gottes bezeugen kann. So wahr mir Gott helfe!"
Gehorsam fügte sich Abt Siegehard. Er versuchte, seinen Groll zu verbergen, als einer der Schottenbrüder den Vorschlag machte, doch die Donau entscheiden zu lassen. „Wir legen das Kreuz in eine Zille", sagte er. „Wenn sie nach Melk treibt, dann sollen die Melker das Kreuz haben. Wenn sie aber ins Ungarland will ..." Die Schotten lachten.
Diese Stimme kenne ich, dachte Abt Siegehard. Aber das Gesicht des Bruders konnte er nicht sehen: er hielt sich bewusst im Schatten.
Am frühen Morgen war viel Volk am Ufer der Donau versammelt. Die Leute mussten lange warten, bis die Mönche des

Schottenstiftes nach der feierlichen Messe kamen. Gegen Mittag traf Herzog Heinrich Jasomirgott mit seinem Gefolge ein. Unter großem Jubel legte Herzog Heinrich das Melker Kreuz auf ein mit Goldfäden besticktes Tuch, das auf einem Berg von Blumen in einer Zille lag. Zwei Fischer schleppten die Zille bis zur Donaumitte. Dann lösten sie die Leine.
Aber was war das? Das Fischerboot trieb die Donau hinunter, die Zille jedoch trotzte der Strömung und bewegte sich Richtung Melk. Das Goldene Kreuz funkelte in der Sonne und Abt Siegehard meinte, Odo in der Zille zu sehen.
Plötzlich rief jemand: „Das ist Betrug!" Neben der Zille tauchte ein Mann auf. Es schien, als hätte er die Zille Richtung Melk geschoben, aber schnell war zu erkennen, dass er aufs Ufer zutrieb. Er war tot, als man ihn aus dem Wasser zog. Abt Siegehard erkannte ihn sofort: Das war der Mann, den Odo als Mörder seiner Familie beschuldigt hatte, und der Anführer der Bande, die das Stift Melk bestohlen hat.
Heinrich Jasomirgott und die Brüder des Schottenstiftes mussten das Kreuz schweren Herzens zurückgeben.

Etwa zweihundert Jahre später wurde das Melker Kreuz noch einmal gestohlen. Als der Dieb, ein Emmersdorfer Bürger, an einer Kirche vorbei lief, soll er bleischwere Glieder bekommen haben. Er konnte nicht mehr weiter. So wurde er gefangen genommen, verurteilt und verbrannt.

Das Donauweibchen

Ob das Donauweibchen die Tochter des Donaufürsten ist, oder dessen Frau, weiß man nicht. Man vermutet, dass sie mindestens genau soviel Macht hat wie Danubius. Und man weiß, dass die beiden nicht immer dasselbe wollen, manchmal sogar das Werk des anderen verhindern oder vernichten.

Damals zum Beispiel, als Danubius so böse auf die Menschen war, dass er das Jahrtausendhochwasser geschickt hat, da ist sie gegangen und hat die Menschen vor dem Hochwasser gewarnt. Die meisten haben, so schnell es ging, ihr Hab und Gut zusammengepackt und in den Hügeln und auf den Bergen Schutz gesucht.

Nur in einem Gasthaus, dort, wo die Pielach in die Donau mündet, hat man die schöne Frau nicht ernst genommen. Da saß eine ganze Bande von Lästermäulern, wahrscheinlich Räuber oder Steuereintreiber oder betrügerische Krämer. Sie feierten lautstark und warfen mit Geld nur so um sich.

Als das Donauweibchen die Wirtsstube betrat, erfüllte ein zarter Schimmer den Raum. Daran hätten die Männer die Herrin der Donau erkennen können, aber sie waren ja gerade dabei, sich um den Verstand zu saufen. Sie johlten, als sie die Schöne sahen. Sie ließen sie nicht zu Wort kommen. Einer wollte sie küssen, ein anderer riss ihn weg von ihr, und schon war eine deftige Rauferei im Gang. Niemand bemerkte, dass die Schöne wie ein Regenbogen verblasst war.

Wenige Stunden später kam das Wasser. Lautlos stieg es Meter um Meter, nahm mit sich, was keinen Widerstand entgegensetzen konnte, und breitete sich aus wie ein riesiger See. Es dauerte lange, bis das Wasser wieder gegangen war.

Als die Überlebenden ihre Häuser wieder bewohnbar gemacht hatten, flochten sie Kränze aus Blumen, erfanden schwimmende Kerzen und ließen sie auf die Donau hinaus treiben, um dem Donauweibchen für ihre Rettung zu danken.

Hoher Besuch

Nicht lange, nachdem man in den Gegenden nördlich der Alpen begonnen hatte, Wein anzubauen, beschloss Bacchus, der Gott des Weines, auf Inspektionsreise zu gehen. Er wollte da oder dort ein paar Tipps geben, Verbesserungsvorschläge machen und auch loben, wo es ihm angebracht schien.
Als er endlich in der Wachau war, hatte er schon Einiges erlebt: Man hat ihn als Besserwisser beschimpft, hat ihn Kellertreppen hinunter- und aus Gaststuben hinausgeworfen. Müde war er, und auch ziemlich sauer. Was dachten sich diese hochmütigen Menschen eigentlich. Glaubten die wirklich, sie verstünden mehr vom Wein als Bacchus, der immerhin der Gott des Weines war?

Verärgert ließ er sich am Ufer der Donau nieder, im weichen Sand unter einer mächtigen Ulme. Vom Rauschen der Donau, vom Rauschen der Blätter und vom sanften Wind liebkost schlief er alsbald ein. Er träumte einen wunderbaren Traum, in dem er und eine schöne Frau ... nun, du weisst schon. Es

war ein sehr lebhafter Traum. Beinahe war ihm, als wäre die schöne Frau neben ihm wirklich, echt, lebendig. So entschloss er sich, die Augen zu öffnen.
„War's schön?", fragte die Schöne neben ihm.
„Ojojojojoj", sagte Bacchus. „Ganz außerordentlich! Könnten wir noch ein wenig weiter gemeinsam ... träumen?" Die Schöne lächelte, und Bacchus versank wieder in süßem Schlummer.

Am nächsten Morgen fühlte er sich ausgezeichnet. Er wollte der Gegend, in der er sich so wunderbar erholt hatte, etwas Besonderes schenken. Und so segnete er die Erde und den Himmel und die Donau, auf dass fortan in der Wachau der beste Wein der Welt wachse.

Dann machte er sich daran, seine Inspektionsreise fortzusetzen. Er drehte er sich noch mal zur Donau um, und wirklich, die schöne Frau aus seinem Traum winkte ihm zu. Sie saß – wie merkwürdig! – auf einem Stein mitten im Fluss und trug einen langen glitzernden Rock, der beinahe wie ein großer Fischschwanz aussah.

Bacchus blinzelte und sagte, „Was es alles gibt", denn Fischfrauen hatte er bislang noch nie getroffen. Dann rief er: „Bis bald!" und verschwand.

Donau-Ketten

„Hier kommt keiner durch! Es sei denn gegen Bezahlung!" Auf diese Worte hatten Reisende in aller Welt zu allen Zeiten gefasst zu sein, und auch an den Anblick der Waffen, die den Ernst dieser Forderung verdeutlichten: Speere, Schwerter, Pistolen, was auch immer. War man sich darüber einig, dass diese Forderung zu Recht bestand, nannte man sie Maut, andernfalls schrie man „Raub!" und wehrte sich.
Entlang der Donau gibt es eine Reihe von Engstellen, die genau passend für das Einheben von berechtigtem oder unberechtigem Passiergeld waren. Die dort erbauten mächtigen Burgen und Türme sollten eigentlich die Gegend vor Feinden schützen. Aber ist jemand, der nicht bezahlen will, nicht auch ein Feind? Schau sie dir an, die Ruinen an der Donau. Viele waren Sitz von Raubrittern oder Räuberbanden, die die Donau mit Ketten absperrten, um zu kassieren: die Neuhaus nahe Aschach oder die Werfenstein bei Grein, die Hollenburg bei Krems oder die Röthelstein nach Hainburg und noch viele andere entlang der Donau.

Die bis heute bekannteste Raubritterburg ist die Aggstein mitten in der Wachau. Sie war zunächst eine ganz normale Mautstelle und gehörte den Kuenringern. Dann kam der junge und arrogante Babenbergerherzog Friedrich II., der mit jedem über alles in Streit geriet, auch mit Hadmar und Heinrich, den Herren der Aggstein, die sich selbst die „Hunde von Kuenring" nannten. Er beschuldigte sie, den Babenbergerschatz geraubt zu haben. Außerdem störte ihn die unfeine Art, wie die beiden die Maut eintrieben: auch sie sperrten die Donau mit einer Kette ab und die Kaufleute mussten sich die Weiterfahrt zu den großen Märkten nach Wien mit einem großen Batzen Geld erkaufen.

Das konnte der streitbare Friedrich natürlich nicht auf sich beruhen lassen. Also stellte er den Hunden eine Falle: er schickte ein stattliches Kauffahrerschiff die Donau hinunter, auf dem mehr als zwei Dutzend Bewaffnete zwischen der wertvollen Fracht verborgen waren. Die Aussicht auf besonders reiche Beute machte Hadmar neugierig, und so kam er, um die Ladung höchstpersönlich zu begutachten. Doch kaum hatte er das Schiff betreten, stürzten sich die Bewaffneten auf ihn, nahmen ihn gefangen und brachten ihn nach Wien vor den Herzog. Nun mussten die Hunde von Kuenring viel Geld auf den Tisch legen, um Leben und Freiheit zu behalten. Die Burg Aggstein aber wurde zerstört. Das war im Frühjahr 1230.

Zweihundert Jahre später sollte sich die Geschichte wiederholen: der habsburgische Herzog Albrecht V. von Österreich übertrug die Aggstein mit allen Rechten und Pflichten seinem getreuen Kammermeister Jörg Scheck von Wald. Er musste die Ruine wieder bewohnbar machen, den Schiffsverkehr und die Wege sichern, dafür erhielt er das Recht, Maut einzuheben. Jörg Scheck von Wald war ein grausamer Herr. Bald zitterten alle vor ihm und nannten ihn nur mehr den „Schreckenwald". Wer ihm nicht gehorchte, wurde geschlagen, beraubt und eingesperrt. Kaufleute, die ihm die überhöhte Maut nicht bezahlen wollten oder konnten, ließ er im Rosengärtlein an der Außenseite der Burg gleich neben dem hohen Turm schmachten. Rosengärtlein – ein seltsamer Name für die schmale und abschüssige Felsnase, aber der Schreckenwald war schließlich nicht nur für sein schlechtes Benehmen sondern auch für seinen schlechten Humor bekannt! Nach der ersten Nacht im Freien gaben die meisten der ins Rosengärtlein Hinausgesperrten dem Schreckenwald alles, was er haben wollte. Manche hatten nichts. Die ließ er verhungern. Manche stürzten freiwillig in den Tod.

Ein besonders mutiger junger Kaufmann sprang in die Tiefe und brach sich nicht einen Knochen. Er holte Hilfe, und wieder wurde ein Schiff mit versteckten Soldaten die Donau hinunter geschickt. Der Schreckenwald ließ, wie immer, die gesamte Ladung in die Burg bringen. Es waren viele Fässer dabei, aber statt Bier und Wein enthielten sie Soldaten. Kaum war es dunkel, zerschlugen sie die Fässer und nahmen die gesamte Burgmannschaft samt dem Schreckenwald fest.

Nun hätte man denken können, dass die Raubritterzeit auf der Aggstein zu Ende gewesen wäre, aber nein! Der neue Herr, ein gewisser Georg von Stain, war kein bisschen besser als der Schreckenwald. Auch der, der nach ihm kam, nutzte die günstige Position, viel Geld zu verdienen.

Mit der Raubritterei war erst 1529 Schluss, als Wien von den Türken belagert wurde. Ein paar Türken wollten sich ein wenig Abwechslung vom langweiligen Herumlungern beim Städtebelagern gönnen. Sie erstürmten die Aggstein und brannten sie nieder.

Die steinernen Kühe

In Spitz lebte einst eine reiche Bäuerin, die ungeheuer stolz auf ihre weißen Kühe war. Sie hatte extra drei Mägde eingestellt, die sich den ganzen Tag nur um die Kühe kümmern mussten: füttern und melken, bürsten und kämmen. Es stimmt schon: so schöne Kühe hatte sonst niemand in der ganzen Wachau, und die Milch, die sie gaben, war etwas ganz Besonderes. Der Käse, den die Bäuerin aus dieser Milch herstellte, schmeckte so wunderbar, dass ihn sogar die Händler aus den großen Städten kauften.
Beliebt war die Bäuerin nicht, denn sie war hochmütig und wollte mit niemandem etwas zu tun haben. Außerdem war sie zänkisch und geizig. Man sagte ihr nach, dass sie ihren Mann, den besten Winzer der Gegend, mit ihren ständigen Gemeinheiten in den Tod getrieben habe.

Eines Tages pochte es an ihrer Tür. Da sie einen Kaufmann aus Wien erwartete, machte sie flugs auf, aber da stand nur eine ärmliche Alte, die eine Bitte murmelte und ihr einen Becher entgegen hielt. Die Bäuerin jagte sie mit wüsten Worten davon, sie lachte sogar, als die Alte stolperte und fiel. Dass die Alte rief: „Das Liebste dir ... wie dein Herz!" hörte sie schon nicht mehr.

Am Abend wollte sich die Bäuerin am Anblick ihrer schönen Kühe freuen, doch der Stall war leer. Auch die Mägde waren fort. Besorgt lief sie zur Weide und sah erleichtert, dass ihre Lieblinge im Weingarten des Nachbarn grasten. Sie lockte sie mit zärtlichen Rufen, aber die Kühe bewegten sich nicht. Sie sprang zur Leitkuh und wollte sie nach Hause bringen, da erst bemerkte sie, dass alle Kühe zu Stein geworden waren.

Du kannst sie heute noch grasen sehen, als weiße Felsbrocken am Berghang gegenüber von Mitterarnsdorf.

Der Teufel im Weinfass

Eines Tages saß der Teufel trübsinnig am Donauufer und überlegte, woran es denn läge, dass ihn die Menschen nicht mehr fürchteten. Hatte jemand seine Lieblingstricks verraten? Oder war er vielleicht zu alt geworden, um erfolgreich zu sein? Da hörte er zwei Wandersburschen plaudern, die auf der Suche nach einer neuen Arbeitsstelle ihre Erfahrungen austauschten.

„Den besten Weißen, den ich je gekostet habe", erzählte der eine, „hab ich bei dem Wirt in Wösendorf getrunken, bei dem wir uns kennengelernt haben." Und dann schwärmte er vom intensiven Apfelduft des herrlichen Tropfens, von der pfeffrigen Note und von den sagenhaften grünen Funken. „Ja", lachte der andere, „diese grünen Funken! Die siehst du aber auch erst nach dem dritten Glas. Und nur, wenn es dir die Wirtstochter serviert hat."

Das machte den Teufel neugierig. Er begab sich auf die Suche, fand Gasthaus, Wirtstochter und Wein und wollte immer

mehr von dem köstlichen Tropfen. Das Mädchen wunderte sich, dass dieser Gast soviel trinken konnte, ohne betrunken zu werden. Vielleicht ist er ein Weinhändler, dachte sie und holte ihren Vater.
Der Wirt setzte sich mit einer Flasche besonders guten Weines zu seinem Gast. Er schenkte dessen Glas immer wieder voll und hörte, wie es seine Art war, aufmerksam zu. Schnell wurde ihm klar, dass er keinen gewöhnlichen Menschen vor sich hatte, denn der Teufel begann von seinem Lieblingsthema zu plappern: wie schwierig sein Geschäft geworden wäre, und dass sich kaum mehr einer vor ihm fürchte, und dass er froh wäre, so eine wunderbare Ablenkung gefunden zu haben. Und er hob sein Glas und trank auf das Wohl des Wirtes. Dann schlief er ein.
Auf diese Gelegenheit hatte der Wirt gewartet. Er beschnupperte seinen Gast und roch einen Hauch Schwefel. Er lugte unter den Tisch auf die Beine seines Gasts und bemerkte den seltsam geformten Schuh. Und er lüpfte vorsichtig dessen Hut und sah die beiden unter lockigem Haar versteckten Hörner. Aha! dachte er, na das ist ja was!

Vierundzwanzig Stunden schlief der Teufel, dann erwachte er und bestellte ein deftiges Mahl und einen Krug Weißwein. „Den müssen Sie auf jeden Fall probieren", sagte der Wirt und stellte ein Glas Rotwein auf den Tisch. Der Teufel war begeistert. „Davon mehr!" rief er und folgte dem Wirt in den Keller.

Jetzt war die große Stunde des Wirtes gekommen. Er führte den Teufel zu einem Fässchen, an dem der Hahn sehr hoch angebracht war, und jammerte, dass der wunderbare Wein da

drinnen für ihn verloren wäre. Keinen Tropfen könnte er herausbringen, weil der Böttcher so schlecht gearbeitet habe. „Das", jubelte der Teufel, „soll mir kein Problem sein!" und war im selben Moment im Fass verschwunden, um den köstlichen Tropfen an Ort und Stelle zu schlürfen.
Nicht weniger schnell war der Wirt. Er hängte den Rosenkranz seiner Tochter vor den Hahn und verließ den Keller.

In den folgenden Jahren kam der Wirt zu einem beträchtlichen Vermögen. Er baute ein wunderbares Hotel an die Stelle seines alten Wirtshauses. Er beschäftigte den besten Koch weit und breit und verheiratete seine Tochter in die höchsten Kreise. Er wurde sehr alt und starb mit 109 Jahren an Altersschwäche.

Wenige Tage nach seinem Tod fand ein neugieriger Erbe das Fass mit dem Rosenkranz. Er wollte diese seltsame Kette seiner Freundin zeigen. Kaum aber hatte er den Rosenkranz in der Hand, flog das Fass mit einem ungeheuren Knall in die Luft, riss den Erben, den Keller, das Hotel und den halben Ort mit sich.

Ein Radfahrer auf der anderen Donauseite gab zu Protokoll, er habe jemanden kreischen hören: „Nie wieder Wachauer Rotwein!" Was er sich nicht erklären könne. Denn er mache nur wegen des Wachauer Rotweins hier Urlaub ...

Der Sänger und sein König

Es war im Winter 1192, als ein seltsamer Mann durchs Donautal zog. Er trug teure Gewänder, aber sie waren nicht mehr ganz sauber. Er schien ein Edelmann zu sein, aber er reiste ohne Gefolge und zu Fuß. Er hatte nichts als einen länglichen Lederbeutel bei sich, in dem er ein seltsames Instrument aufbewahrte, um es sorgsam vor der klirrenden Kälte zu schützen.

Der Mann erregte Aufsehen. Vor jedem steinernen Haus hielt er an und sang, umringt von Kindern und Tagedieben. Meist wurde er danach zu einer warmen Mahlzeit ins Haus gebeten, und zum Dank holte er sein Instrument heraus. Er streichelte es, erklärte denen, die es wissen wollten, dass er es aus dem Gelobten Land mitgenommen habe, und dass es Laute hieße. Manchmal spielte er auf der Laute, ohne dazu zu singen, aber es war immer nur das eine Lied. Wenn man ihn bat, ein Tänzlein zu spielen, oder ein anderes Lied zu singen, lehnte er freundlich, aber bestimmt ab. Er habe gelobt, immer nur dieses eine Lied zu singen und zu spielen, erklärte er, bis er seinen

Freund gefunden habe. Sie wären auf dem Heimweg aus Jerusalem getrennt worden. Ob man nicht zufällig in letzter Zeit einem Fremden begegnet wäre?
Die Antwort war immer gleich: Fremde kämen viele ins Donautal, aber nie im Winter. Und dann stopfte man seine Taschen mit Leckereien voll und ließ den seltsamen Kauz voll Bedauern und versehen mit allen guten Wünschen weiterziehen.

Das alte Jahr ging zur Neige, das neue Jahr brachte Schnee und Eis, und der Sänger war immer noch auf der Suche nach seinem Freund.
Es muss Februar gewesen sein, als er endlich Dürnstein erreichte. Traurig schleppte er sich hinauf zur Burg. Wie oft hatte er nun schon sein Lied gesungen, dieses Lied, das er gemeinsam mit seinem König erdacht hatte, das sie so oft gemeinsam gesungen hatten auf diesem unseligen Kreuzzug. Müde beschloss er, ein wenig zu rasten und die paar Sonnenstrahlen zu nützen, die das Gestein unter der Burg anwärmten. Und weil die Sonne auch sein Herz erwärmte, sang er die ersten paar Worte seines Liedes. Dann seufzte er und verstummte wieder. Die Landschaft unter ihm lag kalt und reglos.
Und doch ... war da nicht ... ein Lied. Jemand sang sein Lied! „Richard", rief er. „Richard Löwenherz, mein König!" Und er konnte kaum glauben, dass er Antwort erhielt: „Blondel, mein Freund? Hier bin ich, hier!" Eine Hand winkte ihm aus einem vergitterten Fenster zu. „Sag allen zu Hause, dass du mich gefunden hast. Sag ihnen, dass sie Lösegeld verlangen."
So eilte Blondel nach England, und nachdem eine ungeheure Menge an Silber bezahlt worden war, durfte König Richard

Löwenherz nach Hause ziehen. Sein Freund, der Sänger Blondel, wich ihm nicht mehr von der Seite.

Genauso sind sie heute zu sehen, auf einem Felsvorsprung, der fast bis ans Donauufer reicht: Löwenherz hoch zu Ross, ihm zur Seite sein Freund, der Sänger Blondel.

Der funkelnde Stein des Danubius

Als die Donau noch ungezügelt die Lande durchströmen durfte, lebte in den Auen bei Wien ein Fischer. Er liebte es, während seiner Arbeit zu singen. Das gefiel den Donauwesen, und so sorgten sie dafür, dass seine Netze immer voll waren. Der Fischer hatte eine wunderbare Frau, die großartige Fischgerichte zubereiten konnte, und er hatte zwei Kinder: eine Tochter, deren Lächeln jeden Kummer vergessen ließ, und einen Sohn. Der Fischerssohn war ein kluger Kopf. Er beobachtete die Menschen sehr genau bei ihrer Arbeit, und wenn er bemerkte, dass sie sich besonders mühten, fand er eine Möglichkeit, ihnen zu helfen. Er zeigte ihnen Handgriffe, die ihre Arbeit erleichterten. Manchmal bastelte er auch Dinge, welche die Mühsal ein wenig linderten.

Nun geschah es, dass eines Tages Danubius in der Gegend weilte und sich in das Mädchen verliebte. Er wollte gar nicht mehr weg und vernachlässigte seine Pflichten als Donaufürst. Als man ihm berichtete, dass die Pressburger Wassermänner außer Rand und Band geraten wären und die Menschen übel bedrängten, winkte er bloß ab und versenkte sich wieder in die Betrachtung des schönen Mädchens.

Der Fischer spürte, dass etwas seine Tochter bedrohte. Er wollte sie gar nicht mehr aus den Augen lassen. Als sie ihn eines Abends bat, beim Einholen der Netze helfen zu dürfen, war er froh, sie ihn seiner Nähe zu haben. Und wirklich, kaum waren sie ein paar Ruderschläge weg vom Ufer, erhob sich ein Mann aus dem Wasser, ein schöner Mann, der eine Krone auf dem Kopf trug und das Mädchen, das ihn wie verzaubert anstarrte, zu sich lockte. Sprachlos sah der Fischer, wie sich seine Tochter erhob und diesem Mann folgen wollte. Da packte ihn eine solche Wut, dass er das Ruder hob und auf den seltsamen Fremden einschlug. Danubius schrie auf und versank in den Fluten.

Der Fischer beeilte sich, Boot und Tochter wieder an Land zu bringen. Erst am nächsten Tag sah er, dass die etwas verbogene Krone des Wassermanns noch im Boot lag. In einem weiten Bogen schleuderte er sie in den Fluss.

Die Fischerstochter aber war von diesem Tag an wie verändert. Ihr Lächeln war seltsam traurig geworden, und singen mochte sie auch nicht mehr. Sie saß stundenlang am Ufer und starrte in die Wellen. Als sie eines Tages darüber eingeschlafen war, kam ihr Bruder. Er strich ihr zärtlich übers Haar, nahm den glitzernden Stein, den sie seit der Begegnung mit dem Donaufürsten immer bei sich trug, und ging davon.
Lange betrachtete er den Stein. Er ließ Sonne und Mond darauf scheinen, warf ihn ins Feuer und kühlte ihn im Sand. Er wog ihn, er maß ihn, er probierte sogar, ihn zu schleifen, doch da protestierte jemand. „Tu das nicht", hörte er. „Gib ihn mir zurück." Es klang wie das Rauschen des Flusses selbst.

„Gerne“, sagte der junge Fischer und legte den Stein in die Uferwellen. „Darf ich dich um etwas bitten, großer Donaufürst?“ Der Stein glitzerte und funkelte im Wasser. „Deine Familienfeste stürzen uns Menschen in große Not. Wenn deine Wasser steigen, verlieren viele von uns Hab und Gut, und manche sogar ihr Leben. Wie können wir uns vor Hochwasser schützen?“
„Macht uns Tore“, gurgelte der Fluss. Ein Ast trieb zum Ufer, blieb an einem kleinen Felsen hängen und staute das Wasser. Dort, wo der Funkelstein aus Danubius Krone gelegen hatte, war ein Zweig angebrochen und bewegte sich im stärkeren Strom hin und her.
„Ich danke Dir!“ rief der Fischerssohn. Er ging nach Hause und zeichnete Donautore. Dummerweise gab es erst viele Jahre später eine Möglichkeit, diese Donautore Wirklichkeit werden zu lassen.

Die Tochter des Fischers vergaß allmählich den funkelnden Stein und Danubius, und wenig später heiratete sie einen schönen, warmherzigen Kaufmann.

Die Legende vom Auhirsch

Weite, wildreiche Auen dehnten sich einst zwischen Wien und der Ungarischen Pforte aus, Auen, in denen die hohen Herrschaften besonders gerne jagten. Ein großes Stück Land gehörte einer Gräfin, deren Name heute vergessen ist. Man weiß von ihr nur, dass sie schön, reich und stolz war. So stolz, dass sie allen Warnungen zum Trotz ihr prachtvolles Palais am Donauufer errichten ließ, etwa dort, wo heute die alte Schiffsmühle ihren Platz gefunden hat. Als man sie vor möglichen Hochwassern warnte, lachte sie bloß und meinte: „Und wenn schon, dann lass ich halt ein neues Palais bauen!"

Vom Reiten war sie schier besessen. Sie liebte es, auf einem ihrer wunderschönen Araberhengste über Wiesen und Äcker zu galoppieren, ohne Sattel natürlich. Wege ignorierte sie grundsätzlich. Dass sie dabei die Feldfrüchte ruinierte und ihre Bauern um den Lohn ihrer Arbeit brachte, war ihr egal. Falls einer es wagte, sich bei ihr zu beschweren, fragte sie ihn: „Schwarz oder Weiß?" Sagte er: „Schwarz", schlug sie ihn erst mit der Peitsche und gab ihm dann ein paar Münzen. Sagte er: „Weiß", gab sie ihm erst ein paar Münzen und jagte ihn dann mit der Peitsche aus dem Palais.

Noch schlimmer war sie, wenn es ums Jagen ging. Wenn sie auf die Jagd gehen wollte, dann konnte sie nichts und niemand davon abhalten: Kein schlechtes Wetter, kein Besuch aus der Hauptstadt, nicht einmal ihr Kaplan. Wenn er sie anflehte, den Tag des Herrn zu achten, ließ sie ihn in seine Kammer einsperren und gab ihm eine ganze Woche nur Wasser und Brot.

An einem schönen, windigen Frühlingstag brauste sie wieder los. Dass Karfreitag war, interessierte sie nicht, denn sie hatte die Fährte eines besonders großen Hirsches entdeckt und den wollte sie erlegen. Es dauerte nicht lange, bis sie das Tier aufgespürt hatte. Sie legte an ... und war plötzlich wie gelähmt. Der Hirsch sah sie mit seinen großen Augen an, drehte sich würdevoll von ihr weg und verschwand im Gehölz.
Als sich die Gräfin wieder bewegen konnte, tobte sie vor Wut und Mordlust, tötete jedes Tier, das ihr vor die Flinte kam, Eichhörnchen, Hasen, Elstern, sogar Spatzen, doch ihre Wut ließ nicht nach. Immer wieder schlug sie ihrem Pferd die Sporen in die Flanken, bis der edle Hengst sich aufbäumte und seine Herrin abschüttelte. Sie brach sich den Hals.

In dieser Nacht begann die Donau zu steigen. Es war kein besonders schlimmes Hochwasser, aber es genügte, um die Fundamente des Schlosses zu unterwaschen. Nach drei Tagen war das prachtvolle Gebäude versunken.

Wenn die Donau besonders wenig Wasser führt, kann man einige Mauerreste über das Wasser ragen sehen. An manchen Tagen, so heißt es, reitet die verdammte Seele der Gräfin durch die Au, und es soll schon vorgekommen sein, dass wenige Tage danach die Donau über ihre Ufer trat.

Viele, viele Jahre später, im Winter 1984, wurde wieder ein außergewöhnlich schöner Hirsch gesehen. Er soll mit Tränen in den Augen die dem Untergang geweihte Au betrachtet haben. Das brachte viele Menschen zur Besinnung. Sie protestierten gegen den Bau eines neuen Donaukraftwerkes und erreichten, dass die einzigartigen Auwälder als Nationalpark geschützt wurden.

Wassermänner Schabernack

Es war ein Sommernachmittag wie aus dem Bilderbuch: kein Wölkchen trübte den Himmel, das Wasser der Donau glitzerte und die Blätter der Weiden rauschten leise. Drei Buben badeten im warmen Uferwasser und erzählten einander lachend, wie sie es geschafft hatten, der strengen Aufsicht ihrer Mütter zu entkommen. Einer von ihnen erzählte gerade, dass seine Mutter immer wieder sagte: „Es ist gefährlich an der Donau, da hausen die Wassermänner mit ihrem König Ferko!"
In dem Moment hörten sie das Lachen. Sie erschraken. Da war jemand. Wer könnte das sein? Wer könnte sie bei ihrem verbotenen Vergnügen aufgespürt haben? Sie sahen sich aufmerksam um, aber es war niemand zu sehen.
„Wird wohl Ferko sein", kicherte einer der drei. „Oder einer seiner Wassermänner", antwortete der zweite. „Dort", flüsterte der dritte und deutete auf den Auwald. „Das schauen wir uns aus der Nähe an."

Und wirklich, am Ufer des Altarms sprang einer herum und lachte und drehte sich, als ob er tanzen würde. Das sah ziemlich komisch aus, weil dieser Jemand außerordentlich beleibt war und sein Bauch bei jeder Bewegung über dem sehr kleinen

Badehöschen kräftig schwabbelte. Und weil seine unglaublich lange grüne Zipfelmütze beinahe in den Weidenzweigen oder im Schilf hängen blieb. Der Dicke trällerte: „Hab ich dich, hab ich dich, hab ich dich!"
Ein Frosch quakte. Das irritierte den Tänzer so, dass er ausrutschte und auf den Popo fiel. Ganz verwundert starrte er ins Schilf. Dann rief er: „Was sagst du? Da beobachten mich drei Kinder?"

So schnell, wie sie wollten, konnten die drei gar nicht laufen, denn schon stand der seltsame Typ vor ihnen.
„Soso", knarrte er. „Ihr habt also nichts Besseres zu tun als einem ehrwürdigen Wassermann beim Feiern zuzuschauen?"
Der erste Bub schüttelte den Kopf. Der zweite sagte: „Entschuldigung bitte!" Der dritte sagte: „Bist du der berühmte Ferko? Was feierst du denn?"
„Kinder, Kinder! Ihr seid mutig, das gefällt mir", sagte der Wassermann, und es klang wie ein Blubbern. „Ich bin Ferko, ja. Und ich bin der König der Wassermänner!"
„Ich dachte, das wär Danubius", entschlüpfte es dem ersten. „Entschuldigung", fügte er noch schnell an, er wollte Ferko ja nicht beleidigen. „Jaja, Danubius. Er ist der oberste Donaufürst. Aber ich bin hier der König, in Bratislava und Umgebung."

Der Frosch quakte wieder. „Ah", sagte Ferko, „meine Leute kommen. Versteckt euch, damit sie euch nicht sehen. Wenn ihr wollt, feiern wir nachher noch ein wenig zu viert." Und dann stand er wieder am Ufer des Altarms. Keine Sekunde später war er von vielen aufgeregt durcheinander plappernden

Wassermännern mit grünen Zipfelmützen umringt. Ferko lachte vergnügt und klatschte in die Hände. Sofort war es still.

„Meine Lieben", sagte er, „ich bin sehr zufrieden mit eurer Arbeit! Es ist euch also gelungen, alle Betrüger, Schwindler und Diebe einzudosen?" Die Wassermänner hielten ihre Beute hoch: Dosen in verschiedenen Formen und Farben.

„Das ist eine wunderbare Ergänzung für meine Dosensammlung", jubelte Ferko.

Plötzlich wurde er ganz streng. „Die anständigen Leute habt ihr hoffentlich in Ruhe gelassen, wie ich es euch befohlen habe!" Die Wassermänner nickten ganz ernst, nur einer öffnete beschämt seine Dose, aus der silbriger Dunst entwich. Ferko gab ihm einen Klaps auf den Hinterkopf.

Dann fragte er: „Wer hat den Bürgermeister?" Einer hielt seine Dose besonders hoch. „War eigentlich ganz einfach, den zu kriegen, Chef", sagte er. „Ich bin ihm vom Morgenrot an auf den Fersen geblieben, bis er seine zehnte Lüge ausgesprochen hatte, dann war er fällig!"

„Ich hab den Kämmerer erwischt", kreischte ein anderer, „weil er zum zehnten Mal an diesem Tag ein Menge Münzen, die ihm nicht gehörten, in seine eigenen Taschen gefüllt hat."

„Und ich hab den Bischof", triumphierte ein dritter. „Er hat zehnmal ..."

„Ich will es gar nicht wissen, was der Bischof angestellt hat", unterbrach ihn Ferko. „Hauptsache, du hast ihn erwischt!"

Dann fiel ihm etwas auf. „Wo ist Mirko?" fragte er. Die Wassermänner lachten und lachten und konnten beinahe nicht mehr aufhören zu lachen. „Mirko wird wohl nicht wiederkommen", kicherte einer. „Er hat sich als Kanalarbeiter

verkleidet und mitten in der Altstadt ein schönes schattiges Plätzchen gefunden. Dort guckt er den Damen unter die Röcke." Und ein zweiter ergänzte: „Ja, und weil er nicht bemerkt hat, dass eine der Damen deine Schwester war, kann er nun nicht mehr zu uns kommen."
Das verstand Ferko nicht. „Wieso?" wollte er wissen. „Sie hat ihn in einen Steinklotz verwandelt", erhielt er zur Antwort. Dann tanzten sie alle wild um Ferko herum.

Die drei Kinder hatten genug gesehen. Sie beschlossen, nicht auf Ferko zu warten. Sie schlichen davon, nahmen ihre Kleider und rannten, so schnell sie konnten, nach Hause.

In diesem Sommer gingen sie nicht mehr an die Donau baden. Und in den Sommern danach auch nicht mehr.

Janosch

Wenn Janosch Geige spielte, war es, als ob der Himmel weinte, als ob die Sonne nur für ihn alleine vom Himmel lachte, als ob die Blumen nur für ihn blühten und dufteten, als ob er das Glück der ganzen Welt in der Hand hielt. Man hätte denken können, dass Janosch glücklich war, aber Janosch war der traurigste Mensch, der je an den Ufern der Donau gelebt hatte. Und das alles nur, weil er der Macht des Donauweibchens widerstanden hatte.

Als Janosch ein junger Mann war, zog er als fahrender Musikant von Ort zu Ort und von Stadt zu Stadt. Es war kein leichtes Leben, aber Janosch war zufrieden. Manchmal wäre ihm zwar ein eigenes festes Dach über dem Kopf lieber gewesen, aber dann dachte er, dass er dafür seine Freiheit hätte aufgeben müssen, und dann ertrug er den Regen und die Kälte leichter.

Einmal jedoch war es ganz besonders schlimm. Der Winter war kalt, der Schnee lag hoch, und dann kam noch ein Sturm, der tagelang nicht mehr zu wüten aufhörte. Janosch fand Zuflucht in einem gastlichen Haus am Ufer der Donau ganz in der Nähe von Komarno. Eines Abends kam eine seltsame

junge Frau in die Stube, die von einem zarten grünen Schimmer umgeben war. Sie sah dem Hausherrn tief in die Augen und sagte: „Der Eisstoß kommt!" und verschwand.
Die Hausleute begannen sofort, alles Mögliche einzupacken und auf einen Wagen zu laden. „Das war das Donauweibchen, Janosch", sagten sie, „du musst mit uns fahren. Spätestens morgen steht die ganze Gegend unter Wasser!"
Aber Janosch blieb. Er wollte mehr über das Donauweibchen erfahren.
Also blieb er in der Stube und spielte auf seiner Geige. Er spielte, als das Wasser kam. Er spielte, als die liebliche Frau vor ihm stand. Er spielte, als sie ihm die Hand reichen wollte und ihn zum Mitkommen drängte. Er spielte, als sie mit einem Wink ihrer Hand einen Kreis schuf, in den das Wasser nicht vordringen konnte. Er spielte, spielte, spielte ...

Als er wieder denken konnte, schien die Sonne. Das Wasser war weg, das Haus stand noch, die Hausleute waren wieder da. Janosch legte seine Geige weg und begann bitterlich zu weinen. Dann ging er.

Wenn er nicht für die Menschen spielte, die ihm wie verzaubert zuhörten, saß er am Ufer der Donau und hoffte, der Donauherrin noch einmal zu begegnen. Aber egal, ob er sie mit seiner Geige lockte oder mit seiner Sehnsucht, sie kam nicht.

Jahre später, an einem eisigen Wintertag sah er ein seltsames grünes Licht im glitzernden Schnee. Konnte es wirklich sein, dass sie dort am Donauufer stand? Ja, das war sie! Sie winkte ihm zu.

Er stand auf und ging zu ihr auf die glitzernde Schneedecke. Er bemerkte nicht, dass er die Eisdecke der Donau betrat, er hörte das Knacken nicht, mit dem das Eis brach, und als er im dunkelgrünen Wasser versank, lächelte er zum ersten Mal seit vielen Jahren.

Die Schöne von Visegrad

Es war Zufall, dass sich die hübsche junge Frau und der hochgewachsene Mann am Donauufer trafen. Sie hatte eine Kranke besucht und setzte sich, müde und überwältigt von Mitleid, unter eine Espe. Der Blick auf die im Sonnenlicht glitzernde, gleichmütig zum Meer drängende Donau beruhigte sie und ließ das schmerzverzerrte Gesicht der Kranken verblassen.

Er wollte einen seiner Hunde wieder einfangen. Das Tier war jung und noch nicht an den Ruf seines Herrn gewöhnt und aus lauter Freude am Leben weitergelaufen. Auch der Mann war müde und wollte die Schönheit der Donau genießen. Er setzte sich auf einen der großen Steine und beschloss zu warten, bis sein Hund wiederkam. Nach wenigen Minuten hörte er: „Ja wer bist du denn?" Er blickte um sich. Wem konnte diese helle Frauenstimme gehören? Niemand zu sehen. Hatte vielleicht eine der sagenhaften Flussfrauen gesprochen?

„Ich kann dich nicht mitnehmen, du musst schon zu deinem eigenen Herrchen gehen", hörte er nun wieder. Und dann sah er sie aus dem Schatten der Espe treten. Nein, das war keine Nixe. Das war eine wirkliche Menschenfrau, eine sehr ansehnliche. Sein Hund war auch da. Er schmeichelte der Frau, lehnte

sich an sie und himmelte sie an. So hatte er ihn noch nie angehimmelt.
„Hierher!" rief er. Der Hund erstarrte. „Hierher!" rief er noch einmal.
Die Frau gab dem Hund einen sanften Klaps, um ihn zu ermutigen. Aber er wollte sich nicht von ihr trennen, ja er versteckte sich vor seinem Herrn hinter der Frau. Sie ging auf den Fremden zu, der Hund blieb in sicherem Abstand.
„Ich werde ihn töten müssen", sagte der Mann. „Er gehorcht mir nicht!"

Die Frau sah ihn an. Tränen liefen ihr über das schöne Gesicht. Seltsam, dachte der Mann, würde sie auch um mich weinen? Darüber wollte er nicht nachdenken. Er knurrte: „Oder willst du ihn haben?"
Das war ein sehr ungewöhnliches Angebot. Niemand schenkte einen Hund einfach so her, schon gar nicht einer Frau. Was sollte sie tun? „Was wollt ihr für den Hund?" fragte sie leise.
„Behandle ihn gut", sagte der Mann. Und denk manchmal an mich, wollte er dazu sagen, aber das verbot er sich.
„Ich könnte heilsame Kräuter bringen", sagte sie, nachdem es eine Weile still geblieben war zwischen den beiden. Dann sahen sie einander an und schwiegen lange. Es war ihnen, als würden sie einander in diesem Schweigen ihr ganzes Leben erzählen, und das Leben der Welt und der Sterne, Zukunft und Vergangenheit.
„Morgen", versuchte der Mann zu sagen, aber es schien ihm, als hätte er seine Stimme irgendwo zwischen den Sternen verloren. Er räusperte sich. „Morgen um dieselbe Zeit werde

ich wieder hier sein." Dann drehte er sich um und ging. Die junge Frau und der Hund schauten ihm lange nach.

Natürlich kam er am nächsten Tag nicht. Auch nicht am übernächsten, und auch nicht an einem der folgenden Tage. Die Frau und der Hund warteten Tag für Tag. Sie wusste inzwischen, wer der Mann gewesen war, denn das Halsband des Hundes war mit einem Wappen geschmückt: er hatte dem König gehört.
Das Warten machte sie an Leib und Seele krank. Eines Tages ertrug sie es nicht mehr. Sie ließ sich vom Fluss davontragen. Der Hund blieb am Ufer. Er jaulte und jammerte. Dann winselte er, dann starrte er traurig in die Fluten. Und schließlich starb auch er.

Als man die Geschichte von der Frau und der Treue des Tieres dem König erzählte, weinte er. Um die Treue, die er nicht erfahren hatte, um die Liebe, die er sich versagt hatte, und um sich selbst.
Dann ging er zu seiner Gemahlin.

Die Löwen von Budapest

Die berühmtesten Löwen von Budapest findest du nicht im Zoo, denn sie sind aus Stein und bewachen den Weg über die älteste und berühmteste Brücke Budapests, die Kettenbrücke. Majestätisch liegen sie da, jederzeit bereit aufzuspringen, jederzeit bereit, ihren Unmut durch das Peitschen ihrer Schwänze deutlich zu machen. Mit grimmigem Blick mustern sie alle, die ans andere Ufer wollen. Wenn du genau hinhörst, kannst du das Knurren hören, das in ihren versteinerten Kehlen eingeschlossen ist.

Alle paar Jahre, so heißt es, werden die Löwen lebendig. Dann gleiten sie von ihrem Podest und promenieren am Donauufer entlang. Im weichen Rasen vor dem Parlament lassen sie sich nieder. Vielleicht schweigen sie miteinander, vielleicht tauschen sie Neuigkeiten aus, wer weiß? Nur die Spuren ihrer Pranken verraten am nächsten Morgen, dass sie da gewesen sind.

Ein einziges Mal hat jemand gesehen, wie die großen Raubkatzen von ihrem nächtlichen Ausflug zurückgekommen sind. Der Mann marschierte sofort in das Redaktionsbüro der wichtigsten

Tageszeitung. Er war ganz aufgeregt und rief: „Sie haben doch Zungen! Ich schwöre, dass der eine Löwe seinem Gegenüber die Ohren geleckt hat, bevor beide wieder zu Stein geworden sind!"

Der Nachtschwärmer hatte recht, das war eine Sensation. Das war der Beweis, der den trotzigen Bildhauer Marschalkó János vom Vorwurf der Stümperei freisprach und die Spötter, die über ihn und seine stummen Löwen lachten, zum Schweigen bringen würde.
Das sahen auch die Journalisten so. Sie umringten ihn, fragten und fragten und wollten immer mehr Einzelheiten wissen. Ob er ein Schnurren gehört habe. Welche Farbe die Zunge der Löwen gehabt habe. Ob die Schnurrbarthaare der Löwen gezittert hätten, und ob einer der beiden oder beide die Augen beim Zungengeben geschlossen hätten.
Dann fragte einer, ob der werte Besucher mehr Champagner oder mehr Whiskey getrunken habe, bevor er beschlossen hatte, nach Hause zu gehen.
Schlagartig wurde es still in der Redaktion. Der Nachtschwärmer sah von einem zum anderen, murmelte etwas von „Tee" und „keinen Tropfen Alkohol". Einer will auch gehört haben, dass er „Damenbesuch" gestottert habe, oder hatte das Wort doch „Krankenbesuch" geheißen?
Der unangenehme Frager, der ein paar Tage zuvor die Diskussion über die zungenlosen Löwen losgetreten hatte, grinste. Er hatte erreicht, was er wollte: Der Augenzeuge war in den Augen der Kollegen unglaubwürdig geworden, die Sensation war geplatzt, es würde keinen Bericht über einen nächtlichen Löwenausflug geben.

Wenige Tage später fand man die Leiche des Nachtschwärmers. Er war vor Gram über die Demütigung in die Donau gegangen.

Der Löwenzungenleugner überlebte ihn nur um wenige Stunden. Seine Leiche wurde vor dem Parlament gefunden. Man konnte nicht herausfinden, woran er gestorben war. Todesursache war eine Wunde, die wie der Prankenhieb eines Löwen aussah. Da in Budapest aber keine Löwen frei herumliefen, wurde sein Fall unter „Ungeklärte Todesfälle“ im Polizeiarchiv abgelegt.

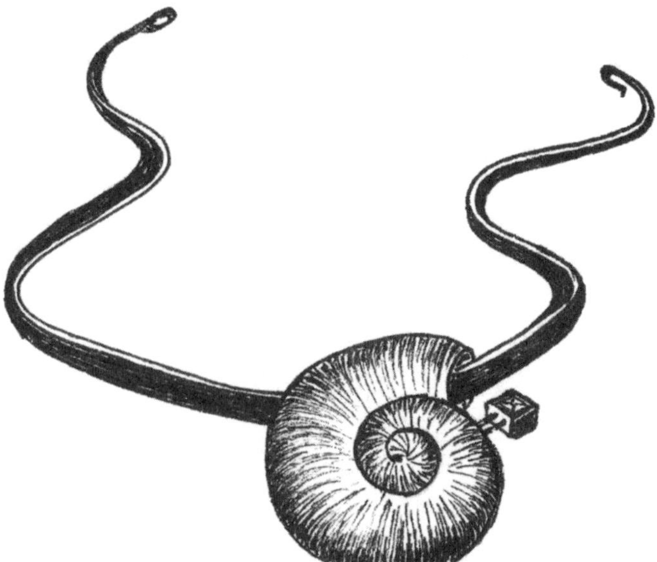

Das Geschenk des Danubius

In einem bescheidenen Häuschen am Donauufer lebten vor langer Zeit ein Fährmann und seine Frau. Die beiden hatten kein leichtes Leben, aber sie waren jung, sie waren verliebt und sie waren so glücklich, wie man es nur sein kann.
Und doch gab es da etwas, das ihr Glück trübte. Jedes Mal, wenn er seinem Beruf nachging und Menschen über den Fluss setzte, starb sie beinahe vor Furcht, Danubius könnte ihn zu sich holen.
Hätte sie ihrem Mann von dieser Angst erzählt, hätte er sie erst ausgelacht und wäre dann ärgerlich geworden, weil sie an seinem Können zweifelte. So sagte sie nichts. Aber tiefe Angst kann man nie ganz verbergen, schon gar nicht vor dem, den man liebt. Natürlich bemerkte er ihre Unruhe, aber er fragte nicht, was denn mit ihr sei, und so wuchs ihrer beider Sorge und drohte, sie zu verschlingen.

Eines Abends – es war später Herbst, Sturm war aufgekommen und pfiff über die Wellen der Donau – ließ ihr Mann auf sich warten. „Danubius, lass mir meinen Mann", rief sie, und rannte weinend zum Steg. Sie stolperte und wäre bestimmt ins Wasser gestürzt, wenn sie nicht in letzter Minute jemand festgehalten hätte. „Das war knapp", raunte jemand an ihrem Ohr. „Ein Schritt noch, und Ihr hättet an Danubius Pforte geklopft!"

„Und wenn schon", erwiderte sie trotzig und entwand sich den Armen des Fremden. „Alles ist besser als mit dieser ständigen Angst um meinen Mann zu leben." Sie drehte sich um und sah dem Fremden ins Gesicht. „Ihr wollt doch sicher auch noch vor Mitternacht ans andere Ufer?"

„Oh nein", lachte der Fremde, „ich wollte zu euch!"

Sie trocknete ihre Tränen und knurrte: „Und was wollt Ihr von mir?"

„Eure Angst lässt mir keine Ruhe", sagte der Fremde. „Sie kriecht in die hintersten Winkel meines Palastes. Sie macht meine Spiegel blind und färbt meine Perlen schwarz! Und deshalb habe ich euch ein Versprechen mitgebracht", sagte er schnell, bevor sie sich von ihrer Überraschung erholt hatte. Er legte ihr ein schwarzes Samtband mit einer in Silber gefassten Muschel in die Hand. „Solange Ihr diesen Schmuck tragt, werde ich euren Mann vor dem Wüten meines Flusses beschützen. Sobald die Muschel aber zerbricht, ist sein Leben mein!"

Und dann verschwand er, als hätte ein Windhauch sein Bild verweht.

Wie aus einem Traum erwacht legte sie das Schmuckstück um den Hals und verbarg es unter ihrem Tuch. Sofort durchströmte sie Erleichterung. Die Angst war weg. Sie nahm eine Stickerei zur Hand, setzte sich zum Ofen und wartete gelassen auf ihren Mann.

Er kam sehr spät. „Der Sturm", sagte er. „Ja", sagte sie. Und dann gingen sie zu Bett.
Nun hätten sie beide glücklich sein können, aber nun war er besorgt, weil er spürte, dass seine Frau sich verändert hatte, und er nicht wusste, warum. Er war ein einfacher Mann, und so dachte er, es müsse ein Anderer dahinter stecken. Misstrauen und Argwohn schlichen sich ein, und nichts, keine liebevolle Geste, kein liebevolles Wort konnte das alte Trautsein der beiden zurückbringen. Immer öfter blieb er des Abends am anderen Ufer und trank ein Glas mehr, als er vertrug. Seine Kameraden hielten ihn für einen Teufelskerl, weil er sogar stockbesoffen noch heil nach Hause rudern konnte. Sie wussten ja nicht, dass er von Danubius selbst beschützt wurde.

Eines Nachts fand er, als er nach Hause kam, seine Frau schlafend am Küchentisch. Sie umklammerte ein Schmuckstück, das er nicht kannte: eine in Silber gefasste Muschel. Blind vor Zorn riss er ihr das Ding aus der Hand, schleuderte es zu Boden und trampelte darauf herum. Er schlug sie und tobte und fluchte, dann stürmte er aus dem Haus.
Seufzend sammelte sie die Bruchstücke auf und ging zum Ufer. Sie legte die Muschelteile in die Wellen und sagte: „Mächtiger Donaufürst, bitte nimm dein Geschenk zurück. Es hat mir zwar die Angst genommen, aber auch die Liebe meines Mannes." Da stand der Fremde aus jener fernen Nacht wieder vor ihr: Danubius, der Herrscher der Donau.
„Er war deiner Liebe nicht wert", sagte er. „Ich bitte dich, komm mit mir, denn ich liebe dich, seit ich dich zum ersten Mal gesehen habe."

Sie lächelte. Da schloss er sie zärtlich in seine Arme und trug sie mit sich fort.

Der Fährmann aber suchte, als er wieder zu Hause war, vergeblich nach seiner Frau, und nach einer Weile tröstete er sich mit einer anderen.

Friederike C. Raderer

Geboren in Melk/Donau, Studium der Musikpädagogik und Musikwissenschaft sowie Philosophie und Psychologie in Wien, Abschluss als Magistra Philosophiae.
8 Jahre als Musikerzieherin an Gymnnasien in Wien und Hannover.
Seit 1979 als Autorin, Moderatorin und Redakteurin für den ORF/Ö1 tätig, ab 1985 freiberuflich.
Zahllose TV- und Hörfunksendungen, seit 1989 wöchentliche eigene Sendereihe "terra incognita – Literatur jenseits des Horizonts".
Seit 1991 schriftstellerisch tätig, u.a. "Märchen zur Nacht" (J&V)
"Das muss wie im Zoo klingen. Musiker-Anekdoten" Reclam 2008
"Fortissimo. Musiker-Anekdoten". Reclam 2009
"Immer bekommt der blöde Tenor die Dame! Opern-Anekdoten". Reclam 2010

Ilse Schnall

Geboren und aufgewachsen in Melk;
Ausbildung zur Goldschmiedin in Steyr und Wien;
Pause für die Söhne Luca und Marco;
2001 Anerkennung als Freischaffende Künstlerin;
mehrere Ausstellungen in Österreich;
2007 Eröffnung Atelier mit kleiner Schmuckgalerie in Melk als Zentrum für eine Vielfalt künstlerischer Aktivitäten.